María Luisa

Generación Marlboro

2022

Generación Marlboro
© María Luisa Erreguerena Albaitero, 2022.
marialuisaerre@hotmail.com
Diseño y formación: Margarita Morales Sánchez
Impreso y hecho en México

CONTENIDO

GENERACIÓN MARLBORO

—Se ha perdido el rumbo –dice Rubén mientras da un trago a su tequila.

—¿Y éste? –me pregunta Francisco con un gesto. Por la ventana cae la lluvia. La ciudad de México celebra duelo por el buen clima que la hacía famosa. Ha hecho frío y ha llovido los últimos siete días. Se ha trastocado la ciudad.

Desde que entré reconocí miradas hostiles. La reunión ya llevaba varias horas por lo que mi llegada tardía produjo rencor. Ya se habían conformado varios grupos, con jóvenes de treinta y pocos años, trajes hechos a la medida o vestidos comprados en *boutique*, gafas de sol en el bolsillo y pequeñas miradas. Personas de la época.

La dueña de la casa me saluda alabando mi suéter peruano, lo que yo traduzco como una señal de paz. Entre mujeres siempre hacemos ese tipo de cosas. Técnicamente es mi jefa, es mucho más joven que yo y me he dedicado a ignorarla cuanto he podido. Se empeñó en hacer una reunión precisamente el 14 de febrero "Día del amor y la amistad". Yo me pregunté si habría algo más bajo en mi escala de valores que ir y prender en mi suéter peruano un corazón rojo con la leyenda de *feliz día de los enamorados* o algo así. Con todo, aquí estoy. No quiero destacarme con mis negativas a festejar el 14 de febrero, el día de las madres o a la virgen de Guadalupe.

Elena, Rubén y Francisco, para aminorar mi vergüenza, también están aquí. Los cuatro fuimos compañeros en la Facultad y terminamos dando clases. En general, nos mantenemos con el perfil más bajo posible; nada de puestos ni aspiraciones políticas. Si alguna vez conseguimos una beca, bueno, pero nada más.

Yo discretamente me muevo de grupo para hablar con Elena. Siempre la he admirado. Se casó primero con un hombre veinte años mayor que ella. Estuvo casada como diez años, y al final ya no soportaba al tipo. Compraron una casa en Tepoztlán y pasaban ahí los fines de semana. El pobre hombre llegaba y se dormía sábado y domingo. Ese fue, según mi amiga, el motivo del divorcio.

Cuando se separaron hicieron una fiesta. Si uno hace gran celebración por el matrimonio por qué no festejar la separación, señalaba Elena. Ella entonces rejuveneció, se hizo cirugía plástica en la cara y se aumentó tres tallas de busto. Al poco tiempo apareció con un hombre veinte años menor que ella. Cuestión de equilibrio matemático, pensé yo.

—Se llama Ken –el nombre a mí me recuerda al novio de la Barbie– y ya estamos viviendo juntos. La última vez que hablé con ella y le pregunté cómo estaba, me contestó que harta porque su novio quería estar, a todas horas, encima de ella.

Francisco se sienta junto a mí. Ha dejado a Rubén repitiendo ante algún otro incauto eso de se ha perdido el rumbo.

—Nos desencantamos –levanta la voz y no podemos dejar de escucharlo–, primero de la Iglesia, luego del Estado, de los partidos políticos, de los sindicatos...

Otra vez el mismo discurso. *Oh my God.*

A Francisco, si no fuera mi amigo, lo consideraría el hombre más mediocre del planeta. Después de terminar la carrera se hizo empresario. Juntó una buena cantidad de dinero. Se casó con una modelo gringa muy hermosa y tuvo tres hijos angelicales. Un buen día decidió que todo aquello era demasiado para él. Mandó a la mujer, que para entonces había dejado de ser modelo y se había convertido en una matrona regordeta, a Estados Unidos. Y a sus hijos, que de ángeles pasaron a ser pubertos *yuppies*, a vivir con su mamá.

Su empresa, que en lugar de ser un destino luminoso resultó un presente patético, decidió cerrarla. Vendió la casa de seis recámaras que tenía en San Ángel y se compró un departamento de dos en el centro.

Consiguió una plaza como maestro en la universidad. Desde entonces vive preocupado únicamente de sus dolores de espalda y del eterno doctorado que, sus amigos sabemos, nunca terminará.

Ken y Elena se sientan con nosotros. El tal Ken es un plomo. Yo coloco mi cajetilla de Marlboro encima de la mesa y él se pone a hacer la cuenta de cuánto gastaría en 30 años de vida, si es que me quedan 30 años de vida.

—La cajetilla cuesta 30 pesos –calcula–, por dos cajetillas que fumas al día, por 30 días al mes, por 12 meses del año, por 30 años da un total de 648 000 pesos.

Mientras Ken hace sus cuentas idiotas, Rubén se acerca y lo escucha para reírse de él. Nos sirve tequila a los del grupo. Rubén por lo menos es simpático. Es moreno y no más alto de 1.60. Tal vez por eso se la pasa haciendo chistes de los negros y los enanos. Es tan incorrecto políticamente lo que afirma que siempre intento no reírme pero, lo grita con tal descaro, que me es imposible.

—¿Te imaginas si en los campos de concentración tuvieran que marcar a los negros? Tendrían que inventar una tinta blanca porque la negra no se veía. –Cuenta lo que él considera un chiste interrumpiendo a Ken y sin que venga a cuento.

Por lo demás la vida de Rubén no tiene mucho de graciosa. Más bien es monótona: Conoce a una mujer, se casa con ella, la engaña, se divorcia, se da cuenta de que en realidad ama a esa mujer, la persigue, le ruega que regrese con él, le jura que ha cambiado, que ya no es el mismo. Entonces ella conoce a otro hombre, y él, tal vez por venganza, conoce a otra mujer, se casa con ella... va en el cuarto divorcio.

Ken trata de darle un beso a Elena y ella lo evade con una sonrisa.

—Ustedes son la generación Marlboro —por primera vez Ken habla de algo original—, ustedes son los que fuman, los que creen que saben todo, los que estuvieron en Woodstock y en el 68, los de la liberación sexual.

—No inventes —lo ataja Rubén.

—Yo era una niña en el 68 —protesto aunque nadie me hace caso.

—No importa. A los más jóvenes siempre nos hablan con cierta sonrisita de desprecio.

—Es que son despreciables. —Ahora lo interrumpe Francisco.

—Ustedes siempre son tan cerebrales.

—Y ustedes descerebrados —vuelve a decir Rubén.

Ken se abalanza sobre Rubén y tira el sofá. Francisco los separa. Elena le da un sorbo a su tequila.

—Por mí que se maten –dice.

Vuelvo a poner el sofá en su lugar. Respiro aliviada de que no se derramaron las bebidas.

Una vez que se calman los ánimos Ken sale. Rubén reta entonces a Elena.

—¿Por qué andas con estos pendejos?

—Porque estoy harta de andar con cabrones como tú –le contesta ella.

Se sostienen la mirada y yo... creo que voy a vomitar. Rubén y Elena andaban juntos cuando íbamos a la universidad, pero de eso ya hace tanto tiempo que pensé que estaba todo olvidado. Por aquella mirada adivino que no. Su historia de amor no es demasiado convencional; en la Facultad se metieron a un grupo troskista, ahí se hicieron novios. Aunque simpatizaban con la guerrilla nunca se unieron a una. Me imagino que eso los libró de pasar por la traumática experiencia de la cárcel. Terminaron en un grupo de Teoría de la Liberación, con unos curas franceses y españoles. Para entonces las teorías revolucionarias habían tomado un tono rosa mejicano (con j por cómo lo pronunciaban los extranjeros) y todo era amor y buena voluntad (nauseabundo). A mí esa parte de la historia siempre me pareció de una ingenuidad conmovedora, pero nada práctica.

Ahora Rubén se dedicaba a defender su amargura contra todo optimismo. No hay tema, persona o hecho que le motiven a hacer un comentario positivo. Un asco.

Ken regresa y se sienta junto a Elena.

Sabina canta: *Yo no quiero un amor civilizado, con recibos y escena del sofá, yo no quiero que viajes al pasado, y vuelvas del mercado, con ganas de llorar.* Francisco y yo también fuimos pareja en la universidad. Cuando terminamos la carrera Francisco se casó con la novia elegida por su mamá. *Bullsheat.* Tuvieron tres niños y él fue traicionando una a una todas sus ideas. Se convirtió en la sombra de sí mismo.

Yo, por mi parte, me casé y tuve dos hijos. Dejamos de vernos mucho tiempo y después de algunos años volvimos a ser amigos. Me contaba de las mujeres que coleccionaba con el único fin de saberse vivo. Finalmente, se separó de su esposa y aunque entonces yo ya estaba divorciada, consideramos que nuestra amistad no debería de cambiar.

La dueña de la casa se acerca hasta donde estamos.

—Les voy a pedir que no fumen aquí –nos solicita–, el departamento es pequeño y hay mucha gente.

Elena y yo nos salimos muy ofendidas. Ni siquiera esperamos el elevador. Mientras bajamos por las escaleras yo me pregunto de dónde saqué ese tino para tener entre mis amigos a los más erráticos y absurdos del mundo.

11

Rubén y Francisco se unen a nosotras. Hay que bajar ocho pisos. Cuando llegamos, finalmente, Francisco besa el suelo.

—No seas payaso –le reclama Rubén.

Nos subimos al coche. Llegamos al bar El Girasol. Entramos por una puerta que imita al Arco del Triunfo. *¡Hellow!* La música se empeña en perforar tímpanos. Un pasillo nos lleva al interior: un salón grande, en penumbra. Las paredes están cubiertas de espejos y un tapete azul cubre el piso y parte de las mesas. La música alcanza decibeles increíblemente altos y se repite una monótona canción, *punchis, punchis.*

Los jóvenes bailan alrededor de la pista en una larga fila. Se abrazan a la espalda del de adelante, se retuercen y se frotan los sexos sobre las nalgas del vecino.

Rubén saca un cigarro y un mesero le señala, con el índice, el letrero de no fumar. Salimos de ahí.

Francisco propone entonces una cantina cercana. Vamos. Es la cantina con el nombre más ridículo que conozco.

—El Castillo de cristal, no manches wey –descalifica Rubén.

Ni siquiera alcanzamos a entrar. Un gran letrero en la puerta anuncia que no se puede fumar.

No encontramos cerca ningún lugar donde se permita fumar. Así que terminamos fumando en el estacionamiento de Walmart sentados en la banqueta.

—Somos patéticos –comenta alguno.

Hay un Volkswagen rojo estacionado frente a nosotros y sin que nadie diga nada todos nos acordamos de Santiago. Santiago murió en medio de una reunión. Hace ya como veinte años, entonces debía tener como treinta. Era un poeta, a lo mejor y por eso se fue, o porque era alcohólico o simplemente porque estaba tan pendiente de escribir aquello que él llamaba su propia epifanía, que no tenía manera de librarla. De ser un sobreviviente.

—¿Se acuerdan de Santiago? –pregunta Elena y nos mira como enojada, como si alguno de nosotros tuviera la culpa.

—Como se murió –añado yo, como si Santiago fuera la piedra angular de nuestra melancolía, de nuestra rabia, de nuestro fracaso.

—En resumen –dice Rubén– era un pendejo, y le creímos.

Suena un celular y los cuatro sacamos el nuestro aunque suenen distinto. Parecemos pistoleros trasnochados, buscando recibir una llamada. Es el teléfono de Elena. Ella se aleja lo suficiente para que no podamos escucharla.

—Era Ken –nos informa al regresar–, nos veremos hasta mañana. Se pone a llorar. (Yo me acuerdo de Pedro Infante y el Torito… ya bájale, pienso, pero no digo nada.)

13

—Vamos a Acopilco –propone Francisco y los demás estamos de acuerdo. Elena sigue llorando como llorona de pueblo. Rubén la abraza.

—Es un puto, no vale la pena.

—Pero es que yo lo quiero –repite Elena.

Cuando nos subimos al coche tenemos que soplarnos toda una novela de sospechas e infidelidades confirmadas.

Francisco pone música, hoy es la noche de Sabina porque vuelve a escucharse: *Yo no quiero vecinas con pucheros, yo no quiero sembrar ni compartir, yo no quiero catorce de febrero, ni cumpleaños feliz.*

Nos detenemos en un Oxxo. Compramos cigarros, whisky, refrescos y algo de comer. El muchacho de la caja, viendo a una Elena un poco llorosa, se atreve a decirle.

—No deberían fumar tanto. Su vicio terminará por matarlos.

Elena guarda los cigarros con una sonrisa y comenta algo así como lo pensaré. Nadie añade nada y yo confirmo que mi amiga tiene clase.

—Lo peor es que el muchacho tiene razón –señala Francisco al salir–, deberíamos dejar de fumar.

Ya en la carretera todos fumamos. Sabina sigue cantando: *Yo no quiero cargar con tus maletas, yo no quiero que elijas mi champú, yo no quiero mudarme de planeta, cortarme la coleta, brindar a tu salud.*

Llegamos a Acopilco. Dejamos atrás la supercarretera y encontramos un conjunto de cabañas de madera. Entramos por un camino de niebla que deja adivinar un bosque frío. Sin embargo, el interior es cálido. Nos sentamos en la sala. Elena pone los Marlboro encima de la mesa.

—A lo mejor y Ken tiene razón –dice–, no nos va mal el nombre de Generación Marlboro.

Fumamos sin añadir más.

—Los cuatro estamos solos –digo yo sin venir al caso.

—Mi esposa se fue con mi mejor amigo –afirma Francisco.

—Yo me fui con su mejor amiga –acepta Rubén.

—Yo lo dejé porque estaba harta –añade Elena–, todo era exigencia y amargura.

—Nosotros nos separamos –finalizo yo– porque estábamos atrapados. La vida se volvió tan mezquina que yo a veces sentía que no podía respirar.

—Muérete –me propone Elena y yo sé a qué se refiere; los cuatro estamos mintiendo.

Me voy a la recámara, después de un rato Elena se acuesta junto a mí. Un poco más tarde, Rubén se acuesta junto a ella.

—Estate quieto, cabrón –le ordena Elena y escucho cómo se besan. Me levanto de la cama, salgo del cuarto lo antes que puedo. Si presencio la fornicación de estos dos imbéciles, lo menos que tendré será un derrame vascular cerebral, pienso.

Me voy a la sala. Las luces siguen prendidas. Francisco desde un sofá me mira llegar. Francisco de tan borracho no puede ponerse de pie. Lo intenta varias veces. Después me mira fijamente. Abre los brazos para recibirme en, según parece, un apasionado abrazo.

—Yo soy un chico fácil –susurra– haz de mí lo que quieras –y luego lo piensa mejor–. Bueno... hazme el amor.

Mientras lo miro, me hago la pregunta que, con seguridad, se hacen millones de mujeres, cientos de veces en sus vidas, pero qué carajos tienen los hombres en la cabeza.

Me acuesto en otro sofá y me tapo con la cobija. Francisco, finalmente, con gran esfuerzo logra levantarse y va a caer al piso después de tropezar con la mesa de centro. Haciendo un despliegue de equilibrio consigue romper todos los vasos de encima de la mesa.

—¿Estás bien? –le pregunto.

—No –me contesta–, he muerto.

Como hace frío y hay otra cobija sobre el sofá, me levanto para taparlo.

—Pinches viejas –se queja–, todas son iguales.

Apago las luces y me doy cuenta de que yo también debo de estar borracha porque ni siquiera siento el impulso de mentarle la madre.

Cuando despierto, Francisco y Rubén han ido a la tienda y comprado el desayuno, también lo han preparado: huevos a la mexicana, café, jugo y pan tostado. Elena y yo nos miramos, ¿por qué nunca me casé con un hombre así? Nos preguntamos con la mirada. Porque no serían así si se hubieran casado con nosotras. Nos decimos sin palabras.

Después de desayunar hablamos del trabajo. Elena casi cada año publica un libro. Se ha hecho experta en sociología de los pueblos indígenas y como es un tema de moda, la invitan a muchos congresos. Yo publiqué, hace como un año, una novela con poco éxito. No importa, sigo escribiendo. Pienso, entonces, que tal vez valga la pena hablar de nuestra generación. Somos ahora viejos para los jóvenes y jóvenes para los viejos. Supongo que siempre es así.

Rubén nos habla de la investigación que está haciendo y de los financiamientos que espera conseguir.

Francisco de su dolor de espalda. Su tema favorito.

Vuelve a sonar Sabina: *Yo no quiero saber por qué lo hiciste, yo no quiero contigo ni sin ti, lo que yo quiero, muchacha de ojos tristes, es que mueras por mí.*

—Tal vez el muchacho del Oxxo le atinó –añade Rubén– y terminaremos muriendo por el cigarro.

—Hemos perdido el rumbo. –Vuelve a declarar Rubén y yo pienso que quizás por primera vez en la noche intentamos decirnos la verdad.

Prendemos un cigarro y tomamos otra taza de café. Después de todo, con rumbo o sin él, de algo tenemos que morir.

ÁNGEL JUSTICIERO

La señora Pichard tuvo la culpa. Porque fue ella la que insistió tanto en que la señorita Pichard, con aquel vestido blanco, parecía un ángel. La verdad sí lo parecía: tan rubiecita, tan linda. Yo pensaba que, en cambio, mi hermana tenía su misma edad y nunca fue tan linda. Desde pequeña, cuando todavía vivíamos con papá, vestía mal y luego en el orfanato todavía peor: con ropa holgada y oscura, siempre azul o gris.

Pero bueno, nosotras estábamos planchando y la señora Pichard nos llamó, ¿no está linda?, nos preguntó, y parece un ángel, dijo, y sí, sí contestamos.

Luego volvimos a planchar y a mí me empezó a entrar un coraje que crecía y crecía y yo no sabía qué hacer con él y pensaba ¿por qué mi hermana no?

Entonces se fue la luz y le dije a mi hermana que fuéramos a la cocina. Ahí le ordené que agarrara un cuchillo y yo tomé otro. Unos cuchillos grandes.

Subimos, las encontramos solas, como siempre a esa hora.

Las matamos porque sí, porque aquel coraje seguía creciendo y yo no sabía cómo pararlo.

Ya después de que vi los cuerpos tirados fue que me acordé de cuando destazaba cerdos con mi papá. Le dije a mi hermana y ella me ayudó y les sacamos las vísceras y las hicimos pedacitos.

Al terminar estábamos todas manchadas de sangre. Subimos a nuestro cuarto, y nos lavamos la cara y las manos. También nos pusimos unos camisones blancos. Cuando me acosté ya estaba más tranquila. El coraje ya había pasado, supe que dormiría tranquila.

Más tarde llegó el señor Pichard. Yo lo escuché entrar y decir *Dios mío* varias veces. Supongo que vio aquello y llamó a la policía.

Llegaron patrullas. También vi a médicos con ambulancias aunque ya no tenía caso.

A mi hermana y a mí nos subieron a un coche y nos llevaron a una Delegación. Lo único malo es que hacía frío porque, por lo demás, todos fueron muy amables con nosotras.

Un licenciado, ahí mismo y después otros muchos nos preguntaron si la señora y la niña nos trataban mal. Yo tuve que decirles siempre la verdad, que no.

Aún las recuerdo tan rubiecitas, tan amables, tan lindas, tenían algo de celestiales, parecían ángeles.

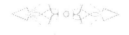

EL ERRANTE

Estaba demasiado borracho y Abel me tenía hasta la madre con sus mariconadas, siempre sembrando su tierrita. De hueva. A mí me gusta el campo. Salir desde la madrugada y ver cómo el sol naranja se entretiene en ganarle a la noche. Además, estaba su vieja, tan güerita y tan flaca. No la soportaba. En cambio yo conocí a una morenaza, buenota y buena como la montaña por la tarde. Le ofrecí a Abel el plato de lentejas en buena lid y él no quiso. Así que lo maté. No perdió gran cosa el mundo. Ya habrá otros que cosechen y siembren, que no sirvan para otra cosa.

—¿Dónde está Abel? –me preguntó papá y entonces supe lo que ya sospechaba, que nunca me sonreiría a mí como le sonreía a él. Que no me quería, a lo mejor tenía razón porque soy medio animal.

Me fui con mi morena y nos hicimos pastores. Seguimos los manantiales donde hay hierba fresca para el rebaño y nos tendemos al Sol mientras los animales comen. Dormimos donde llega la noche, bajo las estrellas.

Ella dice que yo viviré siempre en el recuerdo de los demás y Abel ya murió y yo me río ¿acaso soy yo el guardián de mi hermano?

EL DESTINO

Era tiempo de nostalgia, llovía, y David se había convertido en el símbolo del movimiento estudiantil del 68, una rebelión de hace muchos años.

En aquel tiempo, cuando las manifestaciones, estaba de moda un cómico, menso, que se llamaba el Popochas, y como David se le parecía, recibió ese apodo. Fue su primera desgracia, desde entonces, cuando se hacía la lista de oradores para los mítines y alguien lo proponía, siempre se hacía la broma del cómico aquel.

—A ver si el Popochas prepresta.

Por eso el maestro de ceremonias solía apenarse de presentarlo con aquel nombre y como no le conocía otro, pasaba al siguiente orador.

Pero aquella tarde estaba a punto de cambiar su destino. El Roger lo anunció y se escuchó una gran ovación.

David dijo lo que había querido decir desde aquella tarde del 68.

—A mí ustedes y su movimiento me valen madres.

Pero tuvo mala suerte, el equipo de sonido se había descompuesto y nadie lo escuchó.

David siguió siendo el Popochas, líder del movimiento estudiantil.

PENSAR QUE VEINTE AÑOS NO ES NADA

—Está usted despedida –concluye el contador–
pero, como una ayuda, aquí tiene un pago por separación. La dirección es generosa.

Pienso en una bomba que hará volar a la compañía con todo y su generosidad.

Aunque me había prometido dejar de fumar, antes
de regresar a la oficina, me detengo a comprar una
caja de cigarros, supongo que es una situación excep-
cional. Llevo tiempo dando los buenos días al llegar y
las buenas tardes al salir, aunque no sean buenos.

Hace veinte años me recibió en un despacho pequeñito, el mismo contador entonces joven que parecía enfermo y pequeñito también y que veía en una
televisión caricaturas.

—Tiene suerte de que la contratemos por honora-
rios. No tendrá jubilación, ni servicio médico, y sólo
por bondad de la empresa recibirá aguinaldo. Pero
muchas personas, a pesar de esto, estarían encantadas
de trabajar con nosotros.

Antes de salir del despacho tuve la hermosa fantasía
de activar una granada de mano y ver a aquel contador
pequeñito, con todo y su televisión llena de caricaturas, salir volando en pedacitos todavía más pequeños.

Llego a la oficina y vacío los cajones del escritorio. Con el dinero recibido podré vivir tres o cuatro meses. Mis hijos ya son independientes. Evito un suspiro profundo. Mi hija Lui que se casó hace dos años ha llegado a ser lo que yo detesto. Mujer abnegada en busca de familia perfecta: marido descontento, hijos demandantes, casa enorme para limpiar, y Max, mi hijo, un canalla de medio pelo que se la vive en antros y billares, ni siquiera de pelo completo. Seguro es gay de clóset. Salgo de la oficina llevando, en una caja, pertenencias personales.

En la entrada del edificio en donde vivo me encuentro con mi exmarido.

—Te dije que debías pedir otro tipo de contratación.

Lo recuerdo reunido con los inútiles de sus amigos, explicándome que son espíritus demasiado libres para tener trabajo y checar tarjeta.

Me imagino un misil que haga desaparecer la colonia donde me consideran una imbécil por dejarme explotar. Le agradezco que me ayude con la caja y me despido con una sonrisa.

—Adiós.

Llego a mi departamento y busco en el fondo del armario un saco que siempre guardé para este momento. Regreso a la oficina y entrego un presente para el contador. Paso después a dejarle otro obsequio a mi exmarido.

Me voy al Salón Azul. Todavía es temprano y el bar se encuentra casi vacío. Pido *vodka tónic* y mientras lo tomo llega un grupo de jóvenes bastante ruidoso. Piden el karaoke.

Una muchacha flaca canta varias canciones y anuncia a sus amigos que quiere concursar en *American Idol*. Los demás festejan la idea con carcajadas.

Una mujer toma el micrófono y canta *Volver*.

—*Tengo miedo del encuentro, con el pasado que vuelve, a enfrentarse con mi vida.*

Es más joven que yo, baja de estatura, con cabello corto, elegante. Lleva un vestido como los que yo usaba hace algunos años. Me gustaría tener su aplomo para cantar en público.

—*Volver, con la frente marchita, las nieves del tiempo, platearon mi sien.*

Creo reconocerla, es Marce, estuvimos juntas en la universidad.

—*Sentir, que es un soplo la vida, que veinte años no es nada.*

No canta bien, canta horrible.

—*Vivir, con el alma aferrada, a un dulce recuerdo, que lloro otra vez.*

Aunque yo aplaudo con entusiasmo casi nadie más lo hace. Se acerca a mí. Dice estar encantada de encontrarme. Sonrío un tanto forzada. Todos nos miran, pero más a ella.

—Dame un abrazo –grita. Se lo doy, y los mirones a nuestro alrededor aplauden. Marce hace una reverencia de agradecimiento.

Me presenta a sus dos acompañantes, Mat y Dan, me comenta que fueron compañeros de la universidad. No los recuerdo. Tienen mi edad, visten de manera informal, se divierten, se ríen. Me da envidia su tranquilidad. Me gustaría olvidar este enojo que siento en la boca del estómago.

Mat se acerca a Marce y le da un beso. Marce ríe y lo amenaza con volver a cantar. Mat hace un gesto de alejarse pero entonces ella lo abraza y lo besa en la boca. Se acarician. Me encanta su actitud provocadora, yo también fui así. Dan habla conmigo.

—Viví diez años en Londres y hace tres regresé –me cuenta.

—¿Quieres salir a tomar aire?

Salimos y terminamos en un hotel. Vuelvo a ser como Marce. La habitación tiene un espejo en el techo.

—*What a badtaste!*

Dan viene preparado porque usa condón. Apagamos la luz. Me alegra que nos desnudemos. Es patético intentar ocultarse bajo la ropa. Nos acariciamos. Nos conocemos.

—Las mujeres sólo hacen el amor cuando aman –dice.

—Es mentira –lo contradigo–, una buena cogida es una buena cogida con o sin amor.

Volvemos a encontrarnos en un alud de sensaciones que terminan en la paz del descanso. Dormimos un rato y salimos porque nos molestan las cortinas rojas, la alfombra gastada y ese espejo en el techo que, después de todo, nos hace reír.

—*What a badtaste!*

Localizamos a Marce y a Mat por el celular. Nos esperan en una plaza que abre toda la noche.

—Todas las plazas son iguales.

Es cierto, con su McDonald's y su Fried Chicken, su Starbucks y su tienda Zara.

Vamos a un restaurante. Ceno un pámpano a la sal y vino tinto.

Voy al tocador con Marce.

—¿Fueron a un hotel? –pregunto.

—Creo que Mat es puto –me contesta.

Regresamos a la mesa. Marce inventa un juego. Cada quien hace una lista con los nombres de sus amantes. Mentimos. Ni mi nombre ni el de Dan aparecen en los listados.

Pertenecemos a una generación que ya tenía anti-conceptivos para evitar embarazos, antibióticos para curar enfermedades de contagio, y cuando probamos la liberación sexual nadie sabía del sida. Marce tiene en su lista 34 nombres.

—¿Debo ufanarme o avergonzarme?

—Ni una cosa ni otra.

—Vamos a mi casa –anuncia.

Damos una vuelta por el centro. La ciudad de México, el país entero, vive una campaña, para elegir gobernantes, que llena las calles de basura: carteles, pintas, mantas, espectaculares. Anuncian grandes cambios, pero en realidad todo seguirá igual.

—¿Por quién piensas votar?

—Ningún candidato vale la pena.

Tal vez exista una bomba selectiva. Desaparecer a los políticos, es una linda fantasía.

Llegamos a casa de Marce. Terminamos con las reservas de ron y tequila. Dan va a comprar más. Fumamos un cigarro tras otro y escuchamos reguetón.

Marce y Mat entran a la recámara.

—Mmm, agg, sí, mmm, agg, así, sí, agg, mmm.

Queda claro que Mat no es gay. Marce sale con una bata. Se parece a mí.

Dan y yo volvemos a coger y después dormimos en la sala. Me tiene sin cuidado que la parejita de la habitación nos oiga o nos vea. Me parezco a Marce. Ya amanece cuando me despido.

Regreso a mi departamento. Encuentro sobre el piso el periódico del día. Leo los titulares. Una bomba estalló en la compañía donde trabajaba. Junto a la imagen de los escombros hay una foto de Marce. La consideran responsable. Me sobresalto. Se escucha una fuerte detonación. Me asomo a la ventana. Un fuego sale del departamento de mi exmarido.

Para olvidar los regalos que dejé ayer, enciendo la televisión. Una joven sonriente habla de explosiones en los partidos políticos, lo que provocó la desaparición de la mayoría de los políticos.

Eso de la "mayoría" me hace reflexionar. Me temo que los políticos se reproducen como las cucarachas, reaparecerán pronto. La compañía se albergará en otro edificio. Quizás con algún cambio; en lugar de ser estadounidense será japonesa, pero continuará con su forma de contratación. En cuanto a mi ex, se hará de un departamento bastante mejor que el mío y seguirá sin trabajar. Cierro los ojos, siento deseos de vomitar.

Marce me sorprende. Está frente a mí y sostiene una bomba a punto de estallar.

—¿Por qué?

—Porque tiraste veinte años a la basura.

—Yo y mis hijos teníamos que comer.

—No me salgas con esa pendejada. ¿Dónde quedaron las aventuras y... la pasión?

Explota la bomba. Mi vida, la que he construido, la de Marce, la que pudo ser, la vida entera, se hace añicos.

—Eres una pendeja —alcanzo a escuchar antes de que la oscuridad me caiga encima.

— ¿Me ha entendido? —repite el contador—, está usted despedida.

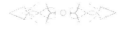

LA DIFERENCIA

Marco Antonio siempre hacía lo correcto. Desde que su mamá le platicaba emocionada del otro Marco Antonio el que, con Cleopatra, viviera una trágica historia de amor y él la escuchaba callado y pensaba, sin decírselo, que aquella historia era lo más absurdo que había escuchado en su vida.

Tal vez por eso le gustó Leticia, creyó que era tan correcta como él y que no contaría nunca narraciones tan disparatadas.

La conoció, se le declaró y se casaron. Entonces él pensó: fin de la historia, pero se equivocó.

Con el tiempo Marco Antonio hubiera dicho que todo estaba bien: hermosa casa, buen trabajo, dos coches del año, cenas con otras parejas, comidas con las familias.

Supo que se había equivocado cuando una noche Leticia lo recibió con la maleta hecha.

—No te soporto –le dijo a modo de explicación–, ni siquiera me has visto, no sabes quién soy, no entiendes nada.

Marco Antonio la vio subirse a su coche desde el jardín. Después apagó la manguera, con que ella regaba las plantas, y entró a la casa.

Al cerrar la puerta tuvo que darle la razón, no entendía nada. Se fue a dormir y por la mañana, para su asombro, se encontraba feliz.

Con los días esta sensación se fue acrecentando. Le encantaba encontrar su casa ordenada, tal como él lo dejaba antes de irse a trabajar. Disfrutaba sus noches solitarias, frente a la televisión, sin cenas con amigos y sus domingos en que ni siquiera tenía que quitarse su pijama.

Supo que Leticia se había ido a vivir con un amigo, no se sintió enojado. Fue entonces cuando empezó a sospechar que a diferencia del otro Marco Antonio nadie se suicidaría por él. Suspiró aliviado, cuando consideró que tampoco él moriría, jamás, de amor.

EL ORANGUTÁN Y LA DAMA

Lo vi entrar partiendo plaza: saludaba con las palmas de las manos extendidas hacia arriba, como un matador después de cortar oreja.

Cuando se detuvo junto al anfitrión, se colocó a su lado una niña como de 16 años, rubia, flaca y con pechos desproporcionadamente grandes. Una Barbie tamaño natural, pensé yo.

Apenas me vio, fue a mi encuentro y me plantó un beso en la boca que no tuve manera de esquivar.

—Pero Natasha querida, qué gusto –saludó.

Mi nombre es Natalia y no soy tu querida, le hubiera dicho a no ser porque me atragantó aquel beso y empecé a toser de una forma exagerada.

La Barbie pensó que me ahogaba y corrió a buscarme un vaso de agua.

Cuando dejé de toser estuvimos un momento en silencio.

—¿Por qué me abandonaste? –preguntó el macho posmoderno, tal vez dolido en su amor propio.

—¿Será porque quisiste estrangularme? –pregunté yo dubitativa.

33

—Bueno, no exageres –contestó él enojado de mi rudeza verbal.

Barbie me miró a mí y luego a él y luego a sus zapatos plateados y luego frunció los labios como si fuera a llorar.

—No me habías dicho –dijo.

Yo pensé que era demasiado temprano para empezar con lágrimas así que di un trago largo a mi whisky, mientras le hacía una descripción somera del orangután (él) persiguiendo a la dama (yo), alcanzándola y oprimiendo su garganta hasta lograr un color azul en su cara (de la dama, claro) nada saludable.

—No me habías dicho –repitió la Barbie.

—Agg –finalicé yo.

—Caray –comentó él– después de diez años de matrimonio ¿es eso lo que recuerdas?

—Memoria selectiva –puntualicé yo.

No nos acercamos más en toda la noche. Cuando salieron de la reunión, la Barbie y el orangután no se hablaban.

Me di cuenta de que no les deseo ningún mal, me entretuve pensando que, al menos, les había dado un buen pretexto para una noche de reconciliación.

—Todos muy posmodernos –me susurró mi amigo mientras me abrazaba al salir de la fiesta y yo pensé que tenía razón.

LO DICHO

Que era tonta de capirote, dijo mamá cuando era niña; eso de tonta no me gustó pero lo de capirote me dio risa porque sonaba divertido.

Más tarde tuve que darle la razón. Me enamoré de un hombre que contaba cuentos de tritones y era pobre como un náufrago. Me hice escritora, que es una profesión poco rentable.

A mi hermana, en cambio, siempre le dijo que era lista, sobre todo cuando se enamoró de un exitoso hombre de negocios y se hizo modelo, lo que la convirtió en conocida, rica y anoréxica.

Lo curioso es que al final encontramos a mi hermana inconsciente, entre pastillas para dormir, para despertar y para dejar de comer.

La llevaron a un hospital de locos en un aterrizaje forzoso de su lunático viaje.

Yo pensé entonces que después de todo, no fue tan lista y me acordé de lo que decía mamá, y sonreí porque lo de tonta sigue siendo cierto y lo de capirote, divertido.

NIVELES

—Te importa si fumo?

La voz se escucha desde el fondo del vagón. Aunque la oscuridad era total cuando al irse la luz, ahora se ven sombras, la silueta de una mujer que pregunta.

—¿Te importa si fumo?

—Claro que me importa. Podemos explotar.

Se escucha un silencio cerrado. Un fuerte sonido lo anticipó, ahora no se escuchan voces ni otros sonidos. Huele a llanta quemada. Sólo hay dos pasajeras en ese vagón.

—Claro que me importa. Podemos explotar.

Ángeles es esbelta, morena y alta. Acomoda su paraguas con cuidado para no mojarse más de lo que ya está. Saca de su bolsa una pastilla de eucalipto y la saborea como agradeciendo la tibieza del interior del vagón. Aunque no es joven tampoco es vieja, tal vez unos cuarenta años.

En la parte de atrás está Alma, una muchacha con cara infantil, sostiene con la mano derecha una maleta como con temor de perderla. Parece un poco ansiosa. Alma toma asiento frente a Ángeles.

—No creo que explote –explica–, alguna vez leí que en el metro de Madrid se permite fumar. Con cierta premura enciende un cigarro y aspira profundo el tabaco. Después enciende otro para Ángeles y se lo pasa. Ella lo agradece y fuma con calma.

—Me arden los ojos, ¿a ti no?

—Sí, debe ser el humo.

—Me llamo Alma.

—Y yo Ángeles.

Se dan la mano. Tal vez, en otra situación no lo hubieran hecho, pero ahí, en esa penumbra, parece recomendable sentir una la mano de la otra.

—No me importaría morirme –explica la más joven.

—¿Cómo dices?

—Soy una *loser*. Quizás no me lo creas pero llevo horas tratando de suicidarme.

Ángeles ríe un poco, pero en silencio, como si fuera inapropiado.

—*En un momento reanudaremos el servicio. Gracias por su comprensión* –anuncia una voz femenina por las bocinas.

—Eres muy joven para pensar eso.

—Tú también te ves triste. Te venía observando antes de que se fuera la luz. Eres muy guapa, pareces modelo.

—Gracias. Me temo que también soy patética. Iba a cometer un asesinato... y ahora... el último tren... y tú y yo aquí atrapadas. Qué estupidez.

Se quedan en silencio. La penumbra se ha ido llenando de cierta claridad. Ángeles se quita el abrigo, hace un poco de calor. El olor a tabaco, parece ufanarse de su presencia, por primera vez, en un vagón del metro.

—Si nos morimos aquí —señala Alma— imagínate qué nombres: Alma y Ángeles... *Hellow.*

—¿Y por qué querías matarte?

—Mi novio me salió con que necesita madurar... o sea *bye, bye, good luck...* ¿y tú, qué onda?

—Pues mi casa es muy grande... mi novio se fue a vivir con su hermana... me enfurece.

Se quedan en silencio.

—No se oye nada.

—No, ¿quieres otro cigarro?

—Bueno.

—*En un momento reanudaremos el servicio. Gracias por su comprensión.*

—¿Tienes hijos? —Pregunta Alma.

—Sí, uno, se fue a Estados Unidos.

—¿Vives con tus papás?

—No, ellos son de Puebla. Yo vine a México a estudiar.

—Qué estudias?

—Estoy terminando la prepa.

—Ah.

Ángeles apaga el cigarro sobre la ventana. Se queda un momento con la colilla en la mano. Luego, educadamente, lo guarda para no tirarlo al piso.

—Fuimos a una comida –cuenta Alma mientras tira al suelo el cigarro y lo pisa para apagarlo– y de regreso me dijo que me quedara con su mamá, que yo soy X para él. Seguro se fue a un antro. Hice mi maleta y me salí.

Se escuchan voces en el exterior, se acercan y vuelven a alejarse.

—Fui a un puente del periférico, pensaba tirarme, pero pasó un coche lleno de nacos y me gritaron de cosas. Pensé qué bonita iba a verme tirada con mi minifalda y pasando guarros como esos… qué horror. Luego vine al metro… de una estación a otra… sin valor para saltar.

Se prenden las luces y se apagan.

—¿Vives con tu suegra?

—Pues sí, pero ya sabes, hay niveles. Pone a hervir lentejas una vez a la semana y piensa que voy a comer eso toda la semana o sea *hellow*. ¿Y tú, qué onda con tu vida?

—Pues el infeliz se fue con su hermana… llegué de trabajar y encontré que se había ido con todo y muebles. Cabrón desgraciado. Hasta mudanza llevó. Voy a matarlos a los dos. –Se cubre la cara, la furia no le permite llorar. Alma suspira.

—*En un momento reanudaremos el servicio. Gracias por su comprensión.*

—¿Cómo piensas matarlos?

—Con una pistola.

—¿La traes?

Ángeles hace un movimiento de cabeza, afirmando.

—Préstamela. Con ella me puedo suicidar.

—¿Estás loca? Imagínate, yo en este vagón contigo muerta con mi pistola. Estaré deschavetada pero no hasta ese punto.

Se quedan en silencio.

—En realidad no es para tanto –dice Alma.

—No, no es para tanto –acepta Ángeles.

Ambas prenden un cigarro y fuman en silencio.

El vagón se inunda de luz. Se miran de frente, una a la otra, ya sin temor a las palabras.

—Somos unas *losers* –dice Ángeles hablando como Alma.

—Patéticas –dice Alma hablando como Ángeles.

El tren se mueve, finalmente. Ambas tiran el cigarro y lo apagan en el piso. Llegan a la estación, se bajan en el andén vacío y salen a la calle.

Las luces de neón tienen algo de fiesta, como reunión familiar. Se oye la música de algún bar presagiando una noche divertida. Huele a lluvia después de la tormenta.

Hace frío y se toman una del brazo de la otra dándose un calor tibio que las alienta. Entran a una tienda y compran un café que les recuerda una mañana soleada.

—Ven a mi casa —invita Ángeles— quizás en unos días verás las cosas más claras… y yo también.

—Te lo agradezco —acepta Alma— pero ¿puedo pedirte algo?

—Tú dirás.

—Que nunca comamos lentejas…

—Es que hay niveles ¿no?

LA ÚLTIMA CENA

Rosa María invitó a Filiberto y a sus papás, los señores Godines, a cenar por aquello del compromiso. Puso garbanzos en la olla exprés pero después de un rato salieron volando: techo, estufa, ventanas, se pintaron de un café violento.

Su vecino simpático, el Choco, llegó corriendo y apagó la olla, ayudó a Rosa María a limpiar y la convenció de ir a la fondita de doña Gloria, que vendía comidas corridas hasta tarde, a comprar lo necesario. Cuando llegaron Filiberto y sus papás, la mesa estaba puesta y, maravilla, la comida preparada.

La señora Godines se quemó con la sopa que estaba demasiado caliente y el señor Godines resultó con intoxicación por el pescado, al final Filiberto se ofendió porque no había postre y se llevó a sus maltratados padres. Después de cancelar la boda, necesariamente.

Rosa María tuvo que quedarse con el Choco, que la llevó hasta la cama y le hizo el amor, para consolarla, toda la tarde.

—No te preocupes —la tranquilizó su vecino—, a mí no me importa que no sepas cocinar.

LA ALFOMBRA PERSA

Cuando llegué a mi departamento no tenía dinero para comprar muebles, pero eso sí, puse en medio de la sala una alfombra persa que me había regalado una tía.

Mientras veía sus hermosos colores me sentí preparada para la fiesta de bienvenida. Llegaron mis amigos Vania y Omar.

Vania estaba insoportable contando de sus clases de filología por lo que Omar tenía que traducirme.

Yo, por hacer el ambiente amable, les conté de mis andanzas con Hugo y Paco, como los sobrinos del viejo McPato, se burló Omar.

—¿Así que piensas compartir tálamo con los dos —me preguntó Vania sin venir a cuento.

—*What?* –pregunté yo.

—Que si te los has cogido –tradujo Omar.

La verdad no, pero ganas no me faltaban, así que cambié la plática.

Hugo y Paco (como los sobrinos del viejo McPato, volvió a bromear Omar) llegaron más tarde y, por supuesto, Vania empezó a discutir que si las expropiaciones y que si el Gobierno y no sé qué más.

Por otra parte, no fue tan malo todo el tequila que llevaron, sino todo el tequila que tomamos.

—Las putas elecciones democráticas –dijo Vania.

—La manga –contestó Omar.

Todavía fue peor cuando Hugo se puso a gritar en la ventana *como México no hay dos* y *fuera los extranjeros.*

Paco (que aunque lo disimulaba, se sentía holandés quién sabe por qué) le tiró un puñetazo y Hugo sangró de la nariz y cada uno le sorrajó una botella en la cabeza al otro y ambos sangraban, a chorros, de la cabeza.

Vania y Omar, para compartir tálamo como diría Vania, se metieron a la recámara.

En la mañana, cuando desperté, vi mi pobre alfombra persa con una mancha negra, recuerdo indeleble de mi fiesta de bienvenida.

EL CLUB DE LAS CHICAS MALAS

En la primaria formamos el Club de las Chicas Malas. Sacábamos pésimas calificaciones y teníamos peor conducta. Juntábamos dinero para divertirnos, mis dos amigas, de familias más ricas que la mía, cooperaban y yo… era la tesorera.

Terminamos los estudios sin honores y yo recibí dos sorpresas: Cecilia obtuvo el premio de redacción y ortografía, aunque yo sabía que ella era incapaz de escribir la lista del súper sin cometer faltas. Algún tiempo después me enteré de que Silvia se había casado con el que era mi novio de la escuela.

Nos encontramos bastantes años después. Nos reunimos en mi casa; recordamos viejos tiempos y tomamos vino blanco hasta que nuestras mejillas se sonrojaron y cambiamos las sonrisas corteses por las carcajadas ruidosas. En lugar de responder muy difícil, contestábamos con está de la chingada, quizás era la hora de la verdad.

Me sorprendió Cecilia cuando anunció:

—Siempre les tuve envidia. ¿Se acuerdan de aquel premio de redacción? Yo copié uno de tus trabajos y me lo dieron a mí.

—Yo me casé con tu ex –admitió Silvia.

—Y yo me quedé con el dinero del Club –terminé diciendo.

Después, nos reímos. Por algo se llamaba El Club de las Chicas Malas.

DÓNDE ESTÁ LA NIÑA

Se había vuelto loca. Yo la miraba bajar y subir escaleras con cualquier pretexto o sin él.

—Pero mamá –insistía– qué pasa.

—No dejes que me lleven –me pedía y me miraba como si yo pudiera salvarla.

Yo y mis ocho años no podíamos salvar a nadie. Así que llamé a la señora Berta, una vecina amable, para que nos llevara al hospital.

La metieron a una especie de cuarto acolchonado. Yo esperaba afuera.

Ya en la madrugada llegaron dos ángeles y me fui con ellos. Mamá repetía, me pedía gritando, que no dejara que la llevaran.

A mí me daban ganas de llorar. No se daba cuenta de que iban a buscarme a mí.

Los ángeles me secaban las lágrimas, me aseguraban que todo estaba tranquilo, que todo estaba bien.

Cuando en la mañana mamá despertó:

—¿Dónde está la niña? –preguntó, pero yo ya no pude responderle.

UNA HISTORIA MUERTA DE CANSANCIO

Malena recuerda aquel martes porque cuando llegó a trabajar le informaron que no habría labores, la oficina se iba a fumigar.

Por la mañana, antes de salir, puso sobre el buró un marco que había comprado aquel domingo. A Malena le había gustado por el olor a caoba que percibió al tomarlo del estante de la tienda. No le agradó la fotografía que traía en su interior: un hombre adulto con barba y una jovencita anoréxica, metrosexuales ambos, se miraban, uno al otro, con ojos de borregos desollados; a su alrededor todo era árboles llenos de verdes y nubes rellenas de azul.

De todas formas lo compró. Lo cambiaré después, se prometió.

Pero aquel martes, recuerda, salió a la misma hora, tenía que dejar a su hijo en la escuela, desayunó en una cafetería, pasó al súper para comprar algunas cosas y regresó a su casa a descansar un rato.

Fue a la cocina y dejó las bolsas sobre la mesa. Acomodó sus compras y se entretuvo en poner algo de orden en el refrigerador.

Se dirigió después a la recámara, recuerda que pensando en cambiar la fotografía.

La puerta estaba entreabierta.

—Mira parecemos tú y yo —escuchó desde fuera que decía una voz femenina.

No necesitó mirar para saber que su esposo, con su secretaria, había decidido tomarse el día libre.

Regresó a la cocina y se preparó una taza de café.

Suspiró pensando que su historia, de amor, estaba, sencillamente, muerta de cansancio.

Un viaje a la playa

A Constantino nunca le gustó su nombre, le sonaba demasiado extranjero, a Constantinopla. Ciudad que nunca había deseado conocer porque no tenía ni ganas ni dinero para enfrentar semejante viaje.

Pero aunque no tuviera recursos se fue a la playa, al hotel más caro de Ixtapa. Para tumbarse junto a la alberca con vista al mar, había juntado dinero durante cinco años.

En ese tiempo, además de ahorrar, había planeado, paso a paso, lo que haría en ese viaje.

Fue al bar, se sentó frente a la barra, pidió una cerveza y cuando se la sirvió el barman, verificó el nombre en su identificador.

—Siempre quise ser cantinero —le dijo como disculpándose—, ¿me permitiría servir una cerveza?

El hombre del bar hizo una mueca parecida a una sonrisa y le indicó el lugar en donde estaban los barriles.

Constantino sirvió la cerveza pero también vertió el contenido de tres pequeños frascos en cada barril.

Por la noche, en el hotel, aunque se empeñaban en ocultarlo, había un escándalo. Algunos huéspedes presentaban signos de envenenamiento.

El joven Constantino se dirigió al gerente del hotel y contó que había visto al cantinero verter un líquido extraño en los barriles. Repitió la historia ante el oficial de policía y esperó sentado, en un enorme sillón rojo del *lobby*, hasta que el barman, acompañado de dos policías, salió de ahí.

El joven se dirigió después a un barrio cercano y tocó el timbre de una casa modesta.

—El señor me pidió que le diera este boleto –indicó a la mujer que le abrió la puerta– y que le informara que él está en la cárcel y que, por su seguridad, es necesario que se vaya y no vuelva.

Constantino la acompañó al aeropuerto y después de verla partir tomó un avión para la ciudad de México.

Ya en la soledad de su habitación pudo imaginar al cantinero saliendo de la cárcel, la dosis que había puesto no era mortal, por lo que después de unos días se vería libre y saldría para encontrar que nadie le daba trabajo, no al menos de cantinero, y que se encontraba solo porque su esposa lo había abandonado.

Miró la fotografía de su mamá y le sonrió.

—Tú nunca quisiste vengarte –le dijo– por eso no lo hice mientras vivías pero ahora, ¿por qué no?

Constantino pensó que una vez consumada su venganza, todo habría terminado, podría seguir con su trabajo, con su novia, con su vida.

Pero no fue así, durante aquellos cinco años había soportado a jefes imbéciles, desvelos, pobreza, todo porque guardaba suficiente rencor. Pero ahora, a su regreso, a los pocos días, se dio cuenta de que nada tenía sentido ya.

Ya sin motivo para qué aguantar esa rutina, renunció a su trabajo. Se sintió aliviado pero a los pocos días su novia lo mandó al demonio.

Constantino se dedicó entonces a caminar por el centro tratando de entender qué había salido mal.

Ni siquiera fue eso lo peor. Mientras él seguía preguntándose, su padre, el viejo Constantino, el barman de Ixtapa, se presentó con todo y maletas en su departamento. El joven nunca supo cómo había llegado hasta ahí.

—Eres mi única familia –le dijo–, la única que me queda.

Así que los dos Constantinos se encontraron entonces sin trabajo y sin mujeres, y como además no tenían otra cosa que hacer, les dio por soñar: en un bar, en una playa, donde las propinas fueran en euros o, de perdida, en dólares. Consiguieron dinero, se fueron a Acapulco y montaron un bar.

El joven Constantino no se arrepentía de nada; ya no atesoraba aquel rencor de otro tiempo y no le importaba que su nombre sonara a un lugar extranjero.

En cambio el viejo Constantino tuvo que cambiarse de nombre, por aquello de los antecedentes. Eligió llamarse Frank… le pareció un buen nombre para un barman que se respete.

EL CAFÉ NUESTRO DE CADA DÍA

HOTMAIL
----Original Message----
From: FabiolaLuviano
Sent: Saturday, July 13, 2009 3:47 PM
Subject: El café nuestro de cada día

Hola amiga; ¿cómo estás? Yo aquí mandándote un *mail* porque desde que te fuiste a vivir a Veracruz no sé mucho de ti.

Te mando una carta un poco larga y espero que tú, a la vuelta, también me cuentes con detalles.

Sin darle muchas vueltas me jubilé. De pronto todo el enojo que había acumulado durante años explotó, no quería seguir en esa rutina. Con la pensión puedo salir adelante.

No te creas, cuando uno se jubila, quiera o no, hace un recuento. Yo alguna vez había querido ser célebre y eso nunca lo había logrado.

En fin, no deseaba quedarme en mi casa, así que con Alejandro, ¿te acuerdas de él?, mi compañero de oficina, abrí una cafetería.

Me acordé de ti cuando decías: el café nuestro de cada día. El pan es necesario para sobrevivir, asegurabas, pero el café es lo que nos permite vivir.

Compramos un pequeño local en una plaza moderna. Un lugar acogedor con un vitral al frente que le da un aire retro. El espacio nos pareció demasiado grande, y Alejandro ofreció colgar en las paredes sus pinturas y yo, un poco por compromiso, mis fotografías.

Coloqué una de unos niños flacos buscando comida en la basura, otra de mujeres desplazadas de sus casas, caminando, con pasos dudosos hacia la tierra prometida, una más, de unos jóvenes iracundos amenazando a un viejo y el de una anciana sentada junto a un telar, con una sonrisa sin dientes que parecía reírse de la tecnología antigua.

Debo confesarte que, precisamente, la tecnología fue lo primero que me sorprendió en aquella plaza. Entraban jóvenes escuchando *Ipods*, hablando por celular, prendiendo sus computadoras inalámbricas… después de asombrarse, se indignaban porque ahí no había línea de internet.

Escuché algunos comentarios que me resultaron molestos.

—A todos los viejos mayores de cincuenta habría que recluirlos en asilos.

—Cuando pasas de los cuarenta y cinco adquieres nacionalidad de extraterrestre.

—Habría que matar a todos los que cumplen sesenta.

Yo, a mi vez, pensaba que a esos jóvenes me encantaría mandarlos a un tutelar para menores, pero no creo que con eso se harían menos fascistas. Por lo demás, la plaza era de una mediocridad exagerada: medianamente elegante, medianamente confortable, medianamente concurrida, medianamente divertida, sin cambios de luz cuando llueve o hace sol, con música eterna inundando la plaza con sonidos tan medianos, tan complaciente, sin la fuerza de la música, con sabor a pan blanco de caja, con migajas dulzonas, desabridas, con un calor mediano y un frío mediano, un purgatorio enclenque.

Te quiero comentar, en particular, de una tarde; salí de la plaza, aunque llovía, para llegar a un desangelado parque. El jardín se encontraba en reparación porque renovaban el pavimento.

Tenía una tela metálica, se extendía a su alrededor, para impedir el paso de los peatones. Era bastante absurdo porque, de todas maneras, los bordes derruidos se llenaban de charcos por la lluvia, el pasto se había convertido en lodo y una larga trenza se formaba con caminos de agua.

Me senté en una banca a salvo de arreglos inminentes. Miré las copas de los raquíticos árboles enarbolando grises escuálidos, supe que cada hoja, cada tronco, cada rama se representaban a sí mismos con una precisión exasperante.

Pensé en mí misma como un árbol escuálido más: mi trabajo rutinario durante tantos años, mi jubilación tan esperada, mis hijos, lejanos incluso estando cerca, las fotografías que había tomado y las que me quedaban por tomar, mis exposiciones, mi intención de ser célebre, y finalmente mi irremediable anonimato.

Recuerdo que mientras me alejaba del parquecito, la luz imponía un nuevo reflejo en complicidad con el agua; y tal vez por eso constaté que a mi alrededor todos eran más jóvenes que yo, tal vez menores de veinticinco.

Me sentí desolada, hasta que vi mi reflejo en un cristal.

Sentía auto lástima y eso me rebeló. Me di cuenta de que por la única razón por la que me apenaría por mí misma era que no sentía demasiado orgullo de ser yo.

Me reí, yo siempre he sido yo. No tiene remedio, y más vale que me quiera, me dije.

Cuando regresé a la plaza, la lluvia cayó enarbolando su propia ira, y me pareció que la tarde era una niña recién bañada y que se peinaba con reflejos de luz.

Sentí unas ganas furiosas de bailar, de inventar colores y jardines secretos, de descubrir los sabores más exóticos para mezclarlos cada día con mi café cotidiano, para untarlos en un pan de harina verdadera.

Con todo, no fue esto lo que marcó la diferencia de aquel día. El administrador de la plaza me esperaba cuando llegué.

El hombre parecía apenado y sin muchas palabras me solicitó el cierre del café. Me explicó de algún error al hacernos el contrato.

—¿Qué pasa realmente? –pregunté.

—Ya sabe cómo son las cosas, sólo quieren a gente bonita –me explicó.

—No es nada personal –agregó un joven– pero ustedes son viejos y se ven mal en una plaza tan moderna.

—Buscaremos un abogado –les dijo Alejandro.

Más allá de juicios, al día siguiente la situación fue peor todavía. Cuando fuimos a abrir encontramos el vitral roto y sobre una pared en letras rojas habían escrito: *Fuera viejos, queremos gente bonita.*

Los locatarios vecinos se acercaron y escuché sus comentarios.

Creo que evitaban mirarse unos a otros. Ninguno se consideraba a sí mismo gente bonita, uno por vivir en un barrio popular, otro por usar ropa sin marca, otra por pesar algunos kilos de más. Cada uno creía tener una buena razón para ocultarse de la mirada del otro.

—Hoy los corren por viejos.

—Mañana nos correrán a nosotros por cualquier motivo.

—Todos somos un día más viejos que ayer.

Decían unos y otros.

Cuando, al poco rato, apareció el administrador, ya me sentía parte de un grupo improvisado ahí mismo. El hombre se puso, con ceremonia, a mis órdenes, se ofreció a levantar un acta y, si lo deseaba, a cerrar el local.

—Este café no va a cerrar –le aseguré.

Cuando se fue, nos miramos aliviados.

Desde luego tuvimos que arreglar el ventanal y volver a pintar el local.

Sin embargo, cuando reinauguramos recibí una sorpresa: los muchachos de la papelería y las muchachas de la estética, y los de la pizzería, y las de la tienda de regalos, y los del videocentro habían multiplicado mis fotografías.

Las habían mandado imprimir como tarjetas postales y como carteles: el milagro de la multiplicación de las fotos.

Reconocí a mis niños buscadores de basura, a las mujeres caminadoras y a los muchachos marginales e iracundos. En cada fotografía podía leerse mi nombre y la leyenda "Todos somos viejos".

Debes creerme, amiga, si te digo que pienso que, precisamente, esa era la celebridad que había esperado toda la vida.

Te cuento todo esto porque somos amigas desde hace mucho tiempo y tienes el derecho a saber hasta qué punto estaba equivocada. La vida sigue aunque no seamos tan jóvenes ni tan ricos ni tan guapos, ¿qué podemos hacer?

En fin, la cafetería sigue abierta, es un lugar para que la gente vaya a hablar. Vale la pena conservar estos espacios, ¿no crees? Ya la conocerás algún día cuando vengas a México.

Por lo demás, sigo tomando fotos, buscando imágenes que hablen de la gente, del momento exacto en que el mundo cambia, en el que se inaugura un puente, en una orilla alguien solo y en la otra, la humanidad.

Tal vez para final del año monte una exposición. Estás invitada.

Te quiere,
Fabiola

EL GORDO BENÍTEZ

Cuando llegué a la casa evité hablar con mi mamá para que no me echara sus sermones de siempre. De mi papá ni sus luces en el dulce hogar, quesque porque estaba en su oficina, y mis hermanos viendo su mariconada de telenovela; sólo les falta jugar con *barbies* para ser niñas.

Sólo después de oír que yo mismo azotaba la puerta de mi cuarto y que cerré con llave, fue que me cayó el veinte de la noticia del Gordo Benítez. Lo voy a extrañar.

Hoy el director nos dijo que el cabrón se murió. El maestro nos llevó al auditorio, y el director poniendo cara de perro apaleado nos dio la noticia, pero yo noté que, en realidad, le importaba un carajo.

Me caía bien el Gordo: era buena gente y tenía algo de poeta, el wey, hasta escribió un poema: *mujer, mujer divina*, chido.

Algunas tardes nos reuníamos en Perisur, íbamos a sacar fotos a las nalgas de las viejas, con el celular.

Es que el Gordo era libidinoso. Me contó que hizo un agujero en el baño de las niñas para espiarlas.

Yo no le creí, nadie le creía al Gordo, pero ni así me llevó a espiar junto a él, menos le creí.

Una vez me invitó a comer a su casa; toda de madera, parecía que se iba a caer. Me contó que su mamá había muerto.

Sacó unos *nugets* del refri que se veían tan jodidos que yo terminé invitándole una hamburguesa de McDonald's.

Llovía y él se puso a hablar de una laguna gris que había conocido y de las estrellas y el viento, me cae que era poeta.

Pero también habló de que sobre la laguna vio venir a su mamá, caminando sobre el agua. Él le decía que quería irse con ella y ella le contestaba que no, que no dejara solo a su papá. Fue cuando yo me di cuenta de que estaba bien pirado.

El Güero Franco nos contó después, en el patio, que el fin de semana se fueron de campamento a la laguna de Los Remedios y que estuvieron hasta la madrugada, frente a la fogata, asando bombones.

El Gordo, antes de irse a dormir, anunció que se suicidaría por la mañana, pero, como siempre, nadie le creyó. Neta, yo me imagino que estaban bien pedos y hasta la madre.

Por la mañana no estaba el Gordo Benítez y por la tarde el Presidente Municipal fue a verlos, al campamento, para avisarles que el Gordo se había ahogado en la laguna.

Pobre Gordo, o se ahogó por pendejo, porque se metió a nadar en la oscuridad o se suicidó porque se le subió lo poeta a la cabeza y andaba viendo a su mamá. Así son los poetas.

Como haya sido, para mí que el Gordo Benítez no pudo con su conciencia tan llena de pecados, en su casa tan solo y tanto espiar. Lo voy a extrañar, pero ni modo, así era el Gordo.

EL ENCUENTRO

Al señor Ekman lo citaron a las ocho de la noche. Como era su costumbre, le ordenó a su ayudante llegar a las 7:30 y él entraría a las 7:45 a más tardar. Las reuniones del Consejo eran en un hotel. El salón grande y bien iluminado, las edecanes impecables ofreciendo café y después, los meseros, ofreciendo el detestable vino dulce y los canapés salados.

Salió de su oficina con tiempo suficiente, a las 7:35 se encontraba tocando el botón del elevador.

Mientras lo esperaba echó un vistazo a su reloj y arregló el nudo de la corbata frente a un espejo que colgaba de la pared. Su traje de excelente corte y sus zapatos de piel genuina, lo hacían sentir como el hombre exitoso de siempre.

Tal vez por esto no vio a Beatriz que justamente a esa hora esperaba, el mismo elevador, junto a él.

Ella debía haber llegado a la siete a su reunión pero había calculado que 35 minutos de retraso no serían excesivos. Usaba un vestido de mezclilla y unos zapatos bajos. Nada demasiado elegante pero sí cómodo, de todas formas se sabía guapa. Con frecuencia le decían piropos y ella los aceptaba como sinceros.

El señor Ekman le cedió el paso y cuando se cerró la puerta tras ellos apretó el botón 4, que era al piso al que iba. Beatriz le sonrió indicando que ella también iba ahí.

Entre el tercer y cuarto piso se detuvo el ascensor y se apagó la luz. Fueron unos segundos de oscuridad y después, se iluminó una pequeña caja.

Beatriz abrió su bolsa de mano y buscó su celular, intentó marcar un número.

—No puedo –dijo.

—Permítame –el señor Ekman también había sacado su celular. Tomó el móvil de Beatriz y se dio cuenta de que no tenía batería, lo guardó en el bolsillo y marcó en el suyo.

—Estoy atrapado en el elevador del hotel –avisó a su secretaria–. Por favor avise para que pueda salir de aquí.

Estuvieron en silencio un momento.

—Le molesta que hablemos –preguntó Beatriz tímidamente–, es que estoy nerviosa.

El señor Ekman hubiera querido preguntar algo pero no supo qué debía decir. Deseaba ser cortés. Ella habló primero.

—¿Es usted casado?

Su teoría de que las mujeres vivían fuera de lugar quedó confirmada.

—Sí, desde luego.

El señor Ekman acostumbraba mentir pero, en aquella penumbra, sintió un poco de remordimiento.

—¿Y feliz?

El hombre rio porque la voz de la mujer parecía asomarse apenas a su valor.

—¿Qué le puedo decir?

Volvieron a quedarse en silencio.

—Yo estuve casada catorce años. Una noche llegó mi marido oliendo a vino y me dijo que eso se había acabado, que él se iba de la casa. Yo creí que mi vida se quedaba en ruinas. Pero, para mi sorpresa, fue al contrario. Renací.

Las mujeres siempre fueron un enigma para el señor Ekman y aquélla hablaba de prisa, como si el sonido de las palabras le dieran la luz que necesitaba. Daba la impresión de cruzar un puente y él se sentía del otro lado y por alguna razón deseaba tenderle la mano aunque no sabía cómo.

—Tal vez regrese.

Escuchó la risa de Beatriz.

—No lo creo. Además yo tampoco lo querría. Con él, soy un cero a la izquierda, me vuelvo transparente.

La mujer guardó silencio y él entendió todavía menos.

—Ya están tardando –dijo el señor Ekman.

El hablar era incómodo pero el silencio lo era todavía más.

—¿Y usted por qué cree que…? –se atrevió a preguntar.

—Me temo que se acabó la ternura.

Lo dicho, las mujeres son enigmáticas.

—No comprendo.

—Sí, eso que se siente por alguien, cuando se desea protegerlo, ayudarlo, salvarlo ¿me comprende?

—No, no comprendo.

Guardaron silencio.

—Volveré a llamar.

Mientras marcaba el celular el elevador cayó unos centímetros, se apagó la poca luz que había. La mujer se tomó de la mano del hombre.

Tal vez el señor Ekman sintió que era una oportunidad para decir la verdad.

—Mi esposa me abandonó –dijo– después de dieciocho años, se fue con mi mejor amigo. Me escribió una carta explicando que se iba porque nunca me había encontrado una sola virtud.

—Lo siento –dijo Beatriz y apretó un poco más su mano.

El ambiente se iluminó y se escuchó el ruido de un motor al encenderse.

—¿Tiene usted un empleo… fuera de casa, quiero

decir? –preguntó el hombre como si tuviera urgencia de cambiar de conversación.

—Traté de hacer pasteles, los terminé regalando porque no podía venderlos. Ahora intento vender Avon, de todas maneras soy un desastre.

El elevador se movió. Primero un poco hacia abajo y luego hacia arriba. Llegó al cuarto piso y se abrió la puerta.

Un empleado del hotel les preguntó si estaban bien y les indicó que salieran.

Se soltaron las manos y caminaron hacia afuera. Se despidieron con una sonrisa.

El señor Ekman entró a su reunión. Lo esperaba su ayudante con un gesto de angustia y se apresuró a colocar frente a él una carpeta con los papeles que debía llevar.

Apenas se había sentado cuando sintió en su bolsillo el celular de Beatriz. Le dio indicaciones a su ayudante para que tomara su lugar.

No estaba muy seguro de donde buscar a Beatriz. Ni siquiera sabía su nombre. Sin embargo, en otro salón se anunciaba con grandes letras la reunión de Avon.

Habían puesto sillas frente a un pódium. Entre el público distinguió a la mujer del elevador. No se parecía mucho a las mujeres con las que él trataba: elegantes, con zapatos de tacón y trajes sastre de marca.

Él la miró. Aquella mujer tenía algo que la hacía parecer perdida. Tal vez su mirada llena de asombro o su casi sonrisa por lo tímida. Y sin embargo, de golpe, supo el señor Ekman que había perdido el tiempo. Que su esposa tenía razón, después de todo, que nunca había encontrado una virtud que fuera verdadera en él, porque él nunca se la había mostrado.

Se sentó como si hubiera recibido un golpe. Supo que no era tan difícil entender lo que la mujer había llamado ternura. Era lo que él sentía por aquella desconocida. Perdió el aplomo. Tal vez no tendría otra oportunidad. Tomó el celular y lo vio temblar en su mano, contra su voluntad.

La mujer lo saludó de lejos, después se levantó y se dirigió a la puerta. Él la alcanzó.

—Su celular —le entregó.

—Estoy harta, me voy, de todas formas nunca vendo nada.

Caminaron juntos hasta el elevador.

—Mejor vayamos por las escaleras —propuso alguno de los dos.

LA CASA IDEAL

No me salió tan mal porque ahora no tendré que preocuparme, ya estaba cansada. Aquí tendré tres comidas y cama.

En El Rosario la casa se me vino abajo, cuando se inundó por una fuga, el plomero simplemente me dijo que tenía que cambiar las tuberías. Era un dineral. Una vecina me sugirió que recibiera a las niñas, eran huérfanas y sus tíos me pagarían mil pesos por cuidar de cada una.

Las recibí y con eso pude pagarle al plomero. Después fue la luz, era demasiado y por eso me cambié de casa.

Cuando llegamos aquí todo pareció mejorar y yo traté de ser una buena madre, pero ellas en lugar de ayudar pedían comida y comodidades como si fueran princesas. Esta casa también empezó a descomponerse, la tubería, otra vez.

Empecé con bofetadas y cosas así, sólo para educarlas, pero después se me pasó la mano y dejaron de llorar y de gritar. Fue cuando metí a la más chica al refrigerador. La más grande se escapó. Ni modo.

De todas formas yo estaba cansada de tantos problemas. No me salió tan mal, no tendré que preocuparme de nada.

La madrina

Hasta el día que cumplí quince años vivía con mis padrinos. Me dejaron organizar una reunión y yo bailé con Toño. Sabía que se me iba a declarar. Hasta entonces, mi madrina era una madre para mí y quería platicarle porque pensé que estaría feliz. Cuando se fueron todos la noté seria y me dijo que quería hablar conmigo.

Nos sentamos frente a frente y yo la veía estrujarse las manos y empezó a decir que los tiempos habían cambiado y que ella y mi padrino habían sido como mis padres y que yo siempre había tenido lo mejor, las mejores escuelas… no sé, yo no sabía a dónde quería llegar hasta que me dijo que aquella fiesta había sido mi despedida.

Yo sentí como si un diablo me hubiera mordido en la nuca. Miedo. El caso es, dijo, ya terminaste la secundaria, te regresas con tus papás, ya te dimos una educación.

Hice una pausa para entender lo que estaba sucediendo. El diablo también hizo una pausa. Yo había vivido en una casa bonita con ellos, conocido gente elegante, comprado en lugares caros. Mis papás vivían en un departamentito de interés social, compraban la ropa en el mercado y sus amigos… bueno, eran sus amigos.

Pero… el diablo que antes me mordía la nuca ahora reía a carcajadas.

—¿Cuándo quieres que me vaya? –pregunté.

—De inmediato –me dijo.

Tal vez la dignidad era lo único que me quedaba, así que la miré con pena. Me las vas a pagar hija de puta, pensé.

Hice mis maletas y llamé un taxi. Mi madrina salió a despedirme pero mi padrino no. Mis papás ya me esperaban cuando llegué.

—Pensamos que era lo mejor para ti –dijeron.

Ocupé la cama de mi hermana que ya no vivía ahí.

No tuve necesidad de vengarme, la vida lo hizo por mí. La madrina murió sola en una tormenta tibia.

Quién podría reclamar a la lluvia o a la mujer haber terminado el juego de ser mamá de una hija prestada.

Yo en cambio compré una casa para no ser prestada nunca más.

HOY ES EL DÍA

Escribió sobre el vapor del espejo como todos los días *hoy es el día*, como si eso pudiera salvarla de aquel departamento pequeño y de los vestidos baratos que usaba, pero eso sí, lo hizo con el desinterés de saber que no sucedería, mientras se arreglaba para la fiesta. Nicolás llegó tarde y se disculpó de pedirle que lo acompañara porque su jefe, el señor Morales, le había exigido que asistiera. Sin embargo, apenas entraron al salón, lleno de personas desconocidas para ella, desapareció de su vista.

Siempre le molestaba sentirse un poco niña entre gente mayor; pueblerina entre gente sofisticada. Por eso, tal vez, cuando el señor Morales le llevó una copa con vino tinto le sonrió agradecida y así permaneció cuando le propuso un viaje, un destino más o menos lejano, para Nicolás, un mejor puesto. Un importante ascenso mientras ella permaneciera en la ciudad.

Nicolás, cuando finalmente apareció después de un rato, se veía un poco mareado. Se fueron a casa. Ella lo miró con atención y le pareció demasiado joven, poco malicioso para aquel mundo difícil. Sintió deseos de abrazarlo y prometerle algo.

Por la noche borró las palabras que había escrito: *hoy es el día*. Entonces se recostó sobre el hombro de su joven marido y sintió su ternura. Supo que en algo se había equivocado, no había sido aquel el día pero, sin duda, esa sería la noche.

ALGUIEN PAGARÁ LA CUENTA

No voy a decirte que siempre pensé en ti. Porque la verdad, después de que me contaste de tu infidelidad y yo te conté de las mías, no pensé que fueras a ponerte así, a gritar y reclamar.

Claro que esto fue hace veinte años y ahora ya qué importa. El caso es que insististe tanto en ir a San Miguel... este pueblito tan lindo, tan pequeño, con su quiosco y su mirador y su tren pasando a media noche y el hotelito, como de juguete.

Hicimos el amor, hoy todavía lo recuerdo. Me gustaba tanto estar contigo. Lo malo es que me gustaba más estar con Jorge y pasó por mí como a las once y yo salí por la ventana para escaparme y nos fuimos en el tren. Qué par de idiotas, lo supe cuando te vi de lejos en la estación... tú también tomando el tren.

Claro que esto fue hace veinte años y ahora ya qué importa... pero a veces pienso que si los dos nos escapamos nadie pagó la cuenta. Tal vez sería bueno regresar y pagarla y aprovechar que estamos ahí y pedir un cuarto y apagar la luz y quién sabe quizás nadie pague la cuenta.

ENRIQUETA SOLEDAD PINEDA GARCÍA

La vecindad se fue volviendo vieja cuando los jóvenes se fueron y regresaron algunos años después, hablando inglés.

Enriqueta Soledad Pineda García fue envejeciendo, en cambio, con sus macetas y sus canarios y sus ires y venires a la tortillería, al pan, a la tienda. Su marido debió tener un nombre pero todos lo olvidamos, lo recordábamos, eso sí, gritón, ofensivo, cobrando siempre mantenimiento y cuotas especiales.

Los vecinos esperábamos su muerte pero nos impacientamos porque no llegaba. Alguien propuso ponerle cianuro en el tanque del agua pero no queríamos hacerle daño a Enriqueta, no teníamos nada contra ella, excepto su largo nombre.

Antes de que hiciéramos algo se vinieron las muertes vecinales, como les dice Soledad. Sólo quedamos ella y yo con nuestros canarios y nuestras plantitas y las tardes de sol. También dice que estamos mejor así. Sin hablar de cianuro ni venenos. Ella sabe de esas cosas.

En fin, puro viejo se murió, así que quién iba a sospechar nada. Ella y yo nos sentamos en el patio, en las tardes soleadas y no hay que pagar mantenimiento ni cuotas especiales y Enriqueta Soledad me dice que le gusta dormir en una cama grande, para ella sola.

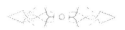

AL SON QUE YO TE TOQUE

Yo lo veía llegar con su esposa, y mis amigas del barrio decían que era viejo para mí, pero me gustaba su barba y que fuera tan alto y gordo, me recordaba a un oso. Luego su mujer lo dejó y como que me daba pena. Lo buscaba en las mañanas para que me diera un aventón porque eso sí, tiene un buen coche. Él empezó a invitarme a lugares caros, conocí un montón de restaurantes elegantes. No se atrevía a llevarme a un hotel, así que yo se lo propuse. Nunca había tenido un amante como él. Parecía tan desesperado por hacerme feliz. Él me decía que se sentía inseguro por su edad… y por la mía. Tal vez buscaba a quién amar, desde entonces no ha podido zafarse. Lo cierto es que me puso departamento y cualquier capricho mío lo cumple sin protestar. A veces me da pena, lo da todo sin exigir nada. Le cuento de mis amantes como si no le importara.

—Eres tan joven –suele decirme.

—Y tú tan viejo –le recuerdo.

COMO HONGO

No me gustaba Diego, el novio de mi mamá. Hacía ruido al comer y olía a vino. Con todo, lo prefiero a mi papá.

Tal vez no me porté bien cuando María su hija vino a vivir con nosotros y yo le ponía azúcar en las sábanas y le rompí la foto de Robbie Williams y se le perdieron unos aretes de ámbar. Me daba coraje que fuera su hija.

Me salió todo al revés. Diego y mamá se separaron. Mamá se largó a Puebla porque le ofrecieron un trabajo e invitó a María a que se fuera con ella porque, le dijo: eres la hija que siempre soñé.

Yo me quedé aquí como hongo. No somos precisamente la familia ideal.

CREATIVIDAD

—Fue bastante original la manera que tuvo Luis de cortarme —contaba Estela en las fiestas—, llegó un día bastante pasado de copas y me dijo algo así como estoy harto. Lo cual para un escritor, la verdad, me pareció poco creativo y... no me dejó hablar porque cuando iba a argumentarle me tapó la cara con sus dos manotas todas sucias.

—Mm, mm —decía yo.

—Me tienes harto —repetía él con su conocida poca creatividad.

Por suerte entró mi hermano que estaba de visita y viendo nuestra amplia capacidad de diálogos, nos explicó que quizás había otros argumentos.

Lo que Luis entendió como que era hora de irse. Cuando lo hizo pude volver a hablar diciendo algo así como *cof, cof* lo que provocó que mi hermano, por sus conocimientos legales, me anunciara que el divorcio era un hecho.

Así fue como terminamos, contaba siempre igual Estela en las fiestas, aunque algunas veces agregaba expresiones como *snif* o *puaf* para darle más colorido.

Cuando sus amigos se lo repetían, sonriendo con malicia, Luis pensaba en su poca creatividad, lo que para un escritor es lo más triste.

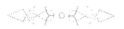

CARMINA

A Carmina le encantaba leer historias de amor, oír canciones empalagosas, ver telenovelas y tal vez por esto se hizo escritora.

Sin embargo, nunca conoció a un hombre con el que quisiera tener un romance.

Murió sola, con la tele prendida, rodeada de novelas rosa y discos de baladas románticas.

Sus lectores, piensan todavía, que es un ejemplo del amor.

NUEVOS TIEMPOS

En la esquina había una caseta de teléfono, casi toda de cristal, con puertas que se cerraban, yo iba con mi novio de la secundaria y nos metíamos ahí para guarecernos de la lluvia. Olía a humedad, se sentía frío y nos pegábamos uno al otro para calentarnos (con más de un sentido).

Él que era romántico hablaba del sonido de las gotas al caer y me cantaba (*oh my god*) *Esta tarde vi llover y no estabas tú*. Ya después, pusieron media caseta roja bombero que sólo cubría de la cintura para arriba. Siguió oliendo a humedad y cuando nos cortaban el teléfono yo iba a hablar con mi novio y sostenía violentos pleitos y dulces reconciliaciones, hasta me llevaba mi taza de café y le describía mi caseta (porque casi nunca había alguien esperando) como una caseta de esas que deben existir en Londres. En fin, con un poco de fantasía.

Ahora, tiene un techo que apenas cubre el aparato, es apenas un poste. Fui a hablar y por el frío tenía que cambiar de mano el auricular para no sentir mi mano congelada. Por suerte no llovía, pero alguien había dejado un montón de basura junto y pude ver salir a un

ratón. Olía a basura, un niño me pidió que me apura-
ra y pensé en una niña novia y terminé de hablar.

Después compré una tarjeta para el celular y agra-
decí a la vida la nueva tecnología, aunque ahora hable
por teléfono para *bisnes* y nadie me cante canciones
de Manzanero.

JONÁS

—Me llaman Jonás el Agrio porque llevo en la puerta de la sonrisa una espada desenvainada como si quisiera arrancar un astro del cielo por pura amargura o golpear a quien habla conmigo. No se dan cuenta de que también sé volar papalotes, navegar en veleros sin velas y dejarme caer en paracaídas hasta desprestigiar a los pájaros.

Cuando era muy joven y conocía a alguna niña me trepaba a los árboles y la miraba desde arriba y desde abajo, y algunas niñas se ofendían porque pensaban que quería verles los calzones.

Yo lo que quería era verles el alma y cuando crecí quería tocarlas con palabras sonámbulas y vagabundear con ellas por abismos de eternidad.

Sin embargo, un lunes por la tarde conocí a la mujer exacta y supe de su orgullo de campanario. Se lanzó, sin caravanas, en un barco al horizonte impreciso. Entonces, como sortilegio inesperado los ahogados florecieron y los horóscopos quedaron sin fecha definida.

Los cocodrilos me mordieron las pantorrillas y una cadena electrizada interrumpió el ritmo descuartizado de mi corazón y detuve la voz de los ríos del mundo y los até en ambiciones risueñas. Hubo una revolución luminosa con pase incluyente a las palabras nocturnas.

Pero eso pasó y la mujer exacta pasó a descuadrarse ante mi mal humor cortante y mis ácidos comentarios. Supongo que tuvo que huir por mera supervivencia. Es difícil sobrevivir en un pantano poblado de hieles.

Por lo demás sigo siendo Jonás el Agrio sin talismán adecuado ni sortilegios para pasar la noche.

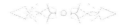

HABLANDO DE AMOR

Primero

—Sí estuvo chido, porque el Vampiro es así, derecho, a toda prueba. Desde que lo conocí a mí me pasa un buen. Con su capa negra, bien alto, un galán. La verdad, además, es que las viejas se le resbalan un chorro. Pero él a quien quiere es a mí. Yo sí le creo, sobre todo después de la tarde en casa del Geras, ¿no te conté? La neta es que yo me apañé para que fuéramos y nos quedáramos solos. Yo pensaba y pensaba que si nos acostábamos se quedaría un rato largo porque si no a quién le dan pan que llore. Empezamos con el faje y él bien chido, tierno, suave como un algodón de feria. Que me levanto, ya desnuda, salgo y me planto frente a él. Sí, así como en las películas. Él me mira, sin decir nada, se me acerca, me acaricia el cabello, me abraza y te juro que me dice con su voz ronca, no, así no quiero. Pero entonces nos acostamos en la cama, muy juntitos y él me contó que él quería ser un hombre pero de verdad, que él quería ofrecerme algo más antes de… ya sabes como en los cuentos, que lo menos que un hombre debe ofrecer a una mujer es seguridad, pero no sólo palabras o besos, sino cuidarla de a de veras, ver por ella, casarse. Quién sabe si me choreó pero desde entonces lo veo de otra manera. No sé si me creas pero estoy segura de que cuando sea, será súper chido, en su momento.

Segundo

—Aquella tarde yo sabía que Dios se empeñaba en fracturar el atardecer, que no podía volver atrás el tiempo y sin embargo también el ángel se esforzaba en torcer el futuro. ¿Puedo acompañarte?, me preguntó un hombre joven aunque con mirada de viejo. Yo tuve miedo de envejecer como él. De mirar a los sueños volar por las ventanas, de cruzar el zodiaco en eclipses infinitos. ¿Por qué no?, le dije sin palabras. Porque estábamos en un bar y a los bares se va a eso. Nos sentamos en una pequeña mesa y un trovador encendió el horizonte con estrellas. ¿Y si fuera posible?, pareció decirme una mujer mientras se hundía en una lámpara de luz. Después de todo, la jaula de un destino inapelable podía ahuyentar al demonio descarado. La voz del hombre parecía llena de eclipses y distancias; la mía de ayeres rotundos y olvidados. Con ayuda de algún ángel ocioso cruzamos el puente. Él escuchó el rumor de mi dinastía efímera y yo el de sus leyes agonizantes; ambos de nuestros sueños de mares y montañas. Seguimos juntos, supongo que a eso fui ese día al bar. A trastocar ese futuro de soledades. Los ocasos siguen siendo azules pero, Dios y el ángel siguen empeñados en fracturarlos.

Tercero

—No hay tiempo que perder, dijiste siempre. Pero esta noche estás aquí precisamente para eso, porque se perdió. Para no enterarnos, hemos venido a armar una casa de campaña y a sacar una lámpara de neón y la mesa portátil y a hablar tomando vino como si esperar hasta el amanecer fuera nuestro único destino. Hay cierto dejo de miedo en tu voz que retumba con la luz de las luciérnagas. Es difícil alcanzar un mañana que sobra, dices, pero el olor a la tierra húmeda se te queda en el paladar. Desconfías de las palabras tramposas y yo me asusto también tal vez porque es de noche y hace frío y el universo parece titubear al darnos asilo, como si el horóscopo no fuera suficiente. Nos quedamos en silencio cuando una montaña hermosa se levanta frente a nosotros, acompañada de una multitud de ayeres que se niegan a pasar desapercibidos. Pero yo sé de tu miedo porque no hay puertas de salidas cósmicas ni es cotidiano que nos alumbren cometas. Tú me miras y me dices por mi nombre y entonces se levantan cascadas de eternidades y las luces del cielo se vuelven violetas y huele a menta y a canela y sabe a cantos de gitanos. Al final, tal vez, tendremos que caer, dice alguno de los dos. Pero caeremos con un paracaídas, aseguramos. Sin embargo, los dos sabemos que de todas maneras estamos solos.

Una tormenta posible

La tarde que Ana Cristina se declaró en huelga fue un viernes lluvioso. Necesitaba imperiosamente una nueva quimera. Por la mañana nada parecía demasiado grave; ni los trastes en el fregadero, ni el portazo del hijo adolescente, de 28 años, ni el estás loca del marido exigente; sí, sí como quieras. Incluso en la oficina donde las compañeras vendían joyería de fantasía, que ella no compraba, y los compañeros inventaban aventuras amorosas que ella tampoco compraba, todo parecía detenido.

Sin embargo, a eso de las seis de la tarde le sobrevino una crisis verdaderamente grave; una nostalgia monumental de sí misma, entonces se declaró en huelga. Cerró los fólders, guardó las conversaciones aburridas en el último cajón y conjuró todas las tormentas posibles.

Llegó a su casa y se sentó en huelga de brazos caídos esperando que el cielo se viniera abajo, pero nada pasó.

Entonces Ana Cristina se puso su abrigo rojo y caminó un rato por la calle sintiéndose invisible. Había dejado de llover y ni siquiera el agua resbalaba por su cara. Entró a una cafetería cuando notó una ausencia en su propia vida. No había nadie.

Lo amargo del café le recordó que ahí había alguien. Sintió calor pero no se quitó el abrigo porque el rojo la hacía sentirse real. Suspiró varias veces como preparándose a tomar una decisión. Las luces brillantes le recordaron otra vida, otros sueños. El dinosaurio ya no estaba ahí. Para su sorpresa, no sintió ganas de llorar. El sonido de un violín la hizo sentir un cosquilleo de pánico pero volvió a suspirar.

Salió de la cafetería y deseó encontrar a un Mefistófeles que le dijera cómo podría pecar pero el diablo no apareció. Deseó después regalar sentencias lindas con sopletes de niebla pero tampoco había niebla. Entonces como por encanto sonó la campana del recreo y Ana Cristina compró, con cambio, un imperio de eclipses deslumbrantes y supo que ya estaba bien, que era hora de la estampida. Entonces con suspiros de Dios tramó una nube de garras inéditas, de ríos en que bracean lagartos, de veranos anidados en su lengua y se subió a esa nube con poderes de alfombra voladora y se marchó a las alturas entre cascadas de sonrisas y vientos remolcados por sollozos de ángeles.

OUT OF THE RECORD

No, no me grabes, hoy ya has grabado bastante y además tú necesitas historias cursis de amor para tu estúpido trabajo ¿no?, y mi experiencia tiene menos miel que un pozole guerrerense. Si quieres te lo cuento, eso sí, porque eres mi amigo y porque puedo hablarte de mis errores.

Nos conocimos en el trabajo, él me gustaba desde que lo vi, ya sabes, moreno y fuerte. Lo miraba desde lejos pero no veía chance de acercarme.

Un día coincidimos en la cafetería cercana a la oficina. Yo debía esperar más de una hora y estaba leyendo. Él se acercó a mi mesa y me preguntó de mi lectura. Yo dejé a un lado mi libro de Benedetti y le conté de una novela de Coetzee y como no lo conocía, le pedí su *mail* para enviarle el título que no recordaba en ese momento.

Comencé a escribirle. Tal vez fue ese mi primer error, debí dejar que él escribiera primero. Inauguramos una correspondencia cotidiana. Nos acercaron las palabras. Primero las lecturas y luego historias que escribíamos el uno para el otro. Frente a la computadora todo se valía; sirenas y tritones navegaban entre sus *mails* y los míos. Visitaban islas solitarias y escapaban de metrópolis habitadas por hombres-máquina.

Me contó que había tenido una pareja más o menos reciente pero que, para entonces, estaban distanciados. Segundo error de mi parte, no quise escuchar, en mi caso leer, aquella historia.

Después de algún tiempo empezamos a salir: cafés, cine, paseos. Cada vez nos gustábamos más, el deseo crecía y cuando estuvimos juntos hubo fuegos artificiales, con música de violines y todo. Yo sentía que nunca había conocido a un hombre así de generoso, de entregado, de tierno. Aquel fue un buen momento, demasiado bueno para durar.

Algunos meses después, se presentó en la oficina un recorte de personal y a los dos nos corrieron. Lotería. Cada uno buscó trabajo por su cuenta y para nuestra sorpresa, a la larga, nos sentimos agradecidos con la nueva rutina.

Nos veíamos los fines de semana y yo me aventaba mis choros de relación posmoderna y me sentía inaugurando una relación con libertades nuevas. Sin embargo, hablamos de exclusividad, nos miramos a los ojos (gulp) y nos prometimos amor eterno… mientras durara.

Ya sabes, juramos ser sinceros y avisarnos si aparecía alguien más, ¿qué quieres? Estamos llenos de contradicciones y aunque calculábamos la improbabilidad de que sucediera (que lo habláramos o que hubiera alguien más) resultaba muy alentador. La ingenuidad tiene su encanto, no lo puedes negar.

Nos veíamos los fines de semana, el tiempo suficiente para mirarnos, tocarnos y escucharnos y el lunes nos despedíamos agradecidos, cada uno, por regresar a su guarida solitaria.

Yo me sorprendía de mí misma, nunca había querido como lo quería a él. No conservaba el mínimo resquicio de duda. Sabía que él no haría nada, al menos voluntariamente, para lastimarme. Podía contarle todo, cualquier cosa, porque su complicidad no tenía límite.

Casi sin darnos cuenta nos fuimos a vivir juntos y como cualquier pareja nos desencontrábamos y nos encontrábamos sintiéndonos, después, más cercanos.

Y aquí está la vuelta de tuerca, el sueño que se volvió pesadilla. Resulta que mientras yo hablaba de relaciones posmodernas y libres él siguió con su amante convencional. No me malentiendas, no hay melodrama.

Él tenía a su amante *out of the record*. Ella, casada, y quizás demasiado influenciada por las historias de amor de Hollywood o por telenovelas, de vez en cuando le hablaba con un inapelable *hoy quiero estar contigo.* Él calculaba que yo no me enteraría y con un por qué no se quedaba sin argumentos.

Se veían, iban a un hotel, volvían a encender con novedad otros fuegos artificiales que brillaban de pasión o de pura nostalgia, y luego él le hablaba de mí y mantenían una conversación en mi honor y ella, sincera, hasta brindaba en mi nombre.

Me temo que nunca dejó de verla, y hasta consideraba que no era del todo infiel porque pasaban días o semanas o meses o años sin que ella le hablara, aunque eso sí, siempre conservaba la ilusión de que lo hiciera.

Cuando lo supe, te soy sincera, perdí las palabras, quizás ese fue mi más grave error. ¿Por qué renunciar a mis sirenas y a sus tritones por una mujer que se aburre algún jueves por la tarde y le llama?, ¿por qué cancelar el ingreso a nuestra isla porque él no mide la fragilidad de nuestro viaje?

Los fuegos artificiales se volvieron más efímeros y perdieron tonalidades hasta convertirse en casi grises. Empezamos a llevarnos mal. Aparecieron resquicios y grietas que albergaban la duda.

Yo pensé que era el paso del tiempo, la rutina, el mundo loco que nos tocó vivir, la suave patria, pero, al conocer su presencia pensé que su brindis, que parecía tan ingrávido, era el que estallaba como un grito de apóstata en medio de una procesión.

Más allá de lo que yo pensara la situación cambió; los fuegos artificiales no terminaban de alumbrar y yo, ya sin palabras, no encontraba el camino de su complicidad, la isla desierta se convirtió en destino turístico y la metrópolis se habitó de políticos y narcos. Una pesadilla.

Estarás de acuerdo conmigo en que sin páramo de ternura no se puede erigir una ermita para guarecerse de los estereotipos.

Nos separamos y como te imaginarás me siento sola. Tengo sed de tardes amorosas aunque ya no crea en sirenas y tritones, de pasiones perdidas aunque ya no viva en islas desiertas y nada puedo hacer.

No, no me grabes, por favor, todo esto es *out of the record*, la historia apesta a cobardía. No, no me grabes.

Un café en el Starbucks

En el noticiero dijeron que Salinger había muerto, y a mí me dio por acordarme de la novela que él había escrito: *El cazador cazado*, y de su personaje Holden Caulfield, un joven que se preguntaba adónde iban los patos cuando se congelaba el lago del Central Park. Yo lo había leído hace muchos años cuando era niña, pero pensé que no me vendría mal preguntarme alguna cosa parecida, para no hacerme otras preguntas que eran, precisamente, las que no quería tener que contestar.

Miki, un compañero de mi trabajo, era con el que hablaba de mi vida privada. Para hacerlo sólo necesitaba que dejara la computadora y que me pusiera atención. No lo lograba siempre.

Trabajamos juntos en una oficina de dos por tres metros. Entre los dos hacemos cursos para educación a distancia y, la verdad, nos queda mucho tiempo libre. Yo debía terminar mi tesis de maestría pero, mientras me animaba, me entretenía con la computadora.

El caso es que Miki jugaba *Star Wars* o algo así, un juego donde se pasaba el día matando árabes y japoneses, y yo, solitario. Me parecía igual de estúpido pero menos violento. Jugábamos con tal dedicación que parecía que nos preparábamos para algún campeonato. Cuando, después de horas, me aburría, antes de retomar mi tesis, me daba por darle vueltas a mi relación de pareja. Pensaba en David y cómo era nuestra vida en común. Últimamente notaba que él estaba de mal humor y que se dirigía a mí con enojo y que cada vez con mayor frecuencia llegaba tarde a la casa.

Llevábamos dos años viviendo juntos. Nos conocimos en un congreso de educación, y después de un rápido noviazgo se había ido a vivir conmigo, a mi departamento. Llegamos a un arreglo que nos pareció justo. Él pagaba la mensualidad de la hipoteca y yo el súper y los gastos de la casa. Calculamos que más o menos cada uno aportaba la mitad.

Al principio David se veía contento, luego parecía molestarse cada vez más por cosas menores; si no había determinada fruta o el café no era de una marca particular parecía que el mundo se le viniera abajo y que yo era la culpable. Un día se lo comenté a Miki.

—Te está poniendo el cuerno –me dijo y, por supuesto, yo no le creí.

Al poco rato puso un fólder lleno de papeles sobre mi escritorio.

—Aquí tienes las pruebas –aseguró–. Fue ahí donde supe que Miki era un *hacker*.

David tenía cuentas de correo y de redes: Facebook, hotmail, yahoo… y Miki había sacado información de todas. Al principio aparecía con su propio nombre, después, con un seudónimo, pero siempre usaba la misma foto por lo que no había duda de que era él: recibía tres veces por semana perfiles de mujeres "compatibles" con él, con varias de ellas había establecido correspondencia, donde comentaban con lujo de detalles sus encuentros. Además pertenecía a varios grupos: perversos, infieles, corazones solitarios, buscadores de pareja… pensé todavía que quizás alguna otra persona utilizara su nombre… pero no, las palabras que ahí decían eran de él: su forma de hablar y pensar.

—¿Por qué utiliza su nombre verdadero y siempre la misma foto? –Fue lo único que le pregunté a Miki.

—Porque es un pendejo –me contestó.

Pero, además, Miki consiguió intervenir el celular de David y darme copia de los mensajes que había enviado y recibido. "Mi niña linda te quiero mucho", decía uno, y "haz de mi lo que quieras", decía otro.

De haber podido hubiera negado la realidad de todos aquellos papeles. Me hubiera gustado asegurar que todo estaba bien con David. Pero me sentía demasiado mal, frente a mí misma y frente a Miki que empezó a ser una especie de Pepe Grillo para mí.

Así que empaqué las cosas de mi creativa pareja y le pedí que se fuera.

David ni siquiera se sorprendió cuando encontró sus cosas en maletas y le pedí las llaves y al reclamarle respondió contundente.

—Yo nunca te he sido infiel. No tengo nada que ocultar.

Entonces pensé que David era un mentiroso, como yo. En serio, yo puedo hacer historias con mucha velocidad. Si por ejemplo llego tarde a una cita, en lugar de decir que había tráfico y ya, invento que un circo tomó como rehén el periférico, para montar un espectáculo de luz y sonido y que había trapecistas desnudos, cosas así. Algunas veces he notado que quien me escucha termina por cambiar de tema con tal de no oír tantas estupideces.

Aquella noche vi el clóset de David vacío y su libro de Stephen King (que yo había olvidado poner con sus cosas), y me dio por llorar y por recordar todas las cosas buenas de aquellos dos años.

A veces quería hablarle (a su celular porque no sabía a dónde se había ido a vivir) pero no lo hice porque las pruebas que me había dado Miki aún me parecían demasiado contundentes.

Como a las dos semanas recibí una llamada de un amigo suyo.

—Habla Tenoch —me dijo—, no sé si me recuerdas. Claro que lo recordaba: era un metrosexual, abogado, que se dedicaba a divorciar a narcos, lo que no recordaba era qué quería decir Tenoch. Sin embargo, estaba segura de que ese individuo era capaz de las mayores vilezas, incluso de llamarse Tenochtitlan con tal de molestar.

—David me pidió que te llamara para que vayamos a tomar un café.

Yo tardé un momento en procesar aquello de "vayamos a tomar un café".

—Mira, reinita, parece que David quiere hablar de una deuda que tienes con él.

—Si vuelves a llamarme reinita te cuelgo, ¿entiendes?

—Y ¿cómo quieres que te diga? —preguntó con tono burlón, como si le hiciera mucha gracia mi enojo.

—Señora Estévez estaría bien.

—Entonces, señora Estévez ¿podrías el miércoles a las siete de la tarde en el Starbucks de Pilares?

Yo acepté por curiosidad y porque quería volver a ver a David. Ojalá llevara ese saco de pana beige con el que se veía tan bien como intelectual bohemio.

Comenté con Miki aquella llamada y no estuvo de acuerdo en que fuera a la cita, estaba asustado. ¿He dicho que Miki es de esos gays encantadores que siempre se ponen de tu lado cuando hay problemas?

—¿De qué deuda habla? –quiso saber.

—No tengo idea –señalé yo porque realmente no tenía idea.

Miki me dio instrucciones precisas de lo que debería decir o no decir, y mientras él hablaba yo recordaba a David cuando estábamos juntos y cómo me acariciaba y que me gustaría volver a verlo.

Llegué temprano al Starbucks. Por suerte hay un parque enfrente que me permitió esperar sin ser demasiado obvia.

Cuando me decidí a entrar ellos ya estaban sentados en una mesa de la terraza. Buenas noticias para mí porque ahí podría fumar. Como vi que ya tenían vasos con bebidas entré a comprar la mía antes de pasar a la terraza. Ante el mural del menú me sentí confundida con los nombres: maquiato, frapuchino, chailate.

Pedí un café americano descafeinado y fui a reunirme con ellos.

David no llevaba el saco beige sino uno gris que lo hacía ver mal como un maestro pobre o incluso desempleado.

—Señora Estévez –me saludó Tenoch, por lo que yo calculé que el abogado hacía lo posible para el éxito de aquella reunión.

Aunque David ya fumaba, yo saqué mis cigarros y prendí uno.

—David —inició Tenoch— me ha pedido que los acompañe para…

—Porque —interrumpió David— me estoy comprando un departamento y necesito que me pagues lo que yo pagué de la hipoteca del tuyo.

—Pero David —dije yo conciliadora— podemos hablar de…

—No podemos hablar de nada, ya vivo con otra persona.

Era demasiada información para mí. Se estaba comprando un departamento, vivía con otra persona. Tenoch le dio una patada a David por debajo de la mesa con tanta fuerza que hasta yo pude sentirla.

—Habíamos quedado en otra cosa —señaló el abogado—. David, antes que nada, quiere saber usted cómo se encuentra y…

Mientras él hablaba yo me acordé de Caulfield y me imaginé el lago de Central Park completamente congelado y ¿adónde irán los patos?, me pregunté.

Lo que pasó después fue, ahora lo recuerdo, muy rápido. Un coche negro se detuvo justo enfrente del Starbucks. Descendió un hombre con una ametralladora. Caminó hasta la terraza. Yo sentí la mano de

David jalándome hasta que ambos quedamos debajo de la mesa.

El hombre se detuvo justo enfrente de Tenoch. Disparó y el abogado cayó con muchos tiros entre pecho y espalda. El hombre dio media vuelta, se subió al coche y se fue.

Esperamos unos segundos en lo que se alejaba el coche. David me tomó de la mano y nos fuimos hacia la puerta. Tardamos una fracción de segundo en comprobar que el abogado estaba completamente muerto. No parecía haber más heridos. Salimos de ahí.

Ya afuera caminamos al parque y nos sentamos en la banca más alejada. A los pocos minutos llegaron patrullas con sirenas escandalosas.

Yo me di cuenta de que había olvidado los cigarros encima de la mesa. Fuimos a la Comercial que está enfrente del parque y compré dos cajetillas de Marlboro y le di una a David. Volvimos a la banca del parque y prendimos nuestros cigarros.

—Vas a necesitar otro abogado –le dije– pero no te voy a pagar un peso de la hipoteca.

Yo no sé si fue por agradecimiento de los Marlboro o si le dio qué pensar lo que acababa de ver pero lo cierto es que me dijo:

—Olvídalo, ya no te voy a cobrar.

Desde entonces no he vuelto a verlo. Sigo pensando en terminar mi tesis de maestría, Miki jugando *Star Wars* y aunque a veces me acuerdo de David, invariablemente termino pensando adónde irán los patos cuando se congela el lago de Central Park.

En la reunión, Nico y Guadalupe se miraron de lejos, sin saludarse. Sin duda cada uno tenía sus motivos para no hacerlo.

Un hombre de ojos verdes se acercó a ella.

—¿Cuál es su nombre? –le preguntó.

Si Guadalupe Parker quería ser honesta debía dar una explicación demasiado larga, así que le contestó con un movimiento de hombros y una sonrisa, y se alejó de ahí. No podía contarle a un extraño la historia de su verdadero nombre.

La bautizaron con el nombre de Guadalupe por la costumbre, en su casa, de llamar así a las hermanas mayores de cada familia. Pero después, como ya estaba Guadalupe su mamá y la Lupe Grande que era su tía y la Lupe Chica que era la prima y la Lupita que era la sobrina, a ella le nombraron Lupis para diferenciarla.

A Guadalupe el mote de Lupis siempre le pareció vulgar, pero como el nombre de su papá era elegante, pues se apellidaba Parker, que sonaba a británico o algo así, decidió que eso podría salvarla.

Siempre fue un poco extraña; en su diario escribía que le dolían los jardines de los otros, y que le dolía que la vida no le doliera, y que todas las estrellas y los ríos se le escapaban en fumarolas y que a veces se sentía como un minero en medio de un incendio sin saber por qué.

Sin otra alternativa respondió al nombre de Lupis mientras fue niña. Pero finalmente Lupis terminó con regulares calificaciones su licenciatura de Letras Inglesas y aprendió aquello de… siempre he creído en la bondad de los extraños… Con cierta inocencia supuso que mientras ella pudiera confiar, el mundo no sería tan malo.

Después, entró a trabajar a una editorial norteamericana, y fue ahí donde le dieron el nombre de Miss Parker.

Escribió, en ese tiempo, que se sentía como extranjera en el mundo, que dibujaba campanas de barro y caminaba descalza sobre yerba poblada de rocío y que a veces se perdía como fantasma entre los atardeceres.

En un chat de Yahoo conoció a Nicolás, Nico. Se escribieron; él también vivía en la ciudad de México, tenía una pequeña imprenta, había estudiado Artes Plásticas en la universidad y le contó de su separación, algunos años atrás, de una esposa que presumía el musical nombre de Elisa. Ella insistió, a pesar de esto, en que él la llamara Guadalupe.

Miss Parker les platicó a sus amigas que por su forma de escribir Nico era realmente encantador.

Una tarde de abril Guadalupe y Nico se encontraron en un parque. A ella él le pareció atractivo y extraño como si viniera de otro mundo.

Por la noche escribió en su diario que veía cómo se levantaba el oleaje del espacio en el espacio de luz, con cuentas de ámbar para contar los días, con ángeles nodrizas cuidando su sonrisa, con cielos presintiendo luceros.

Nico compartía un taller con otros artistas, vivía en una de las habitaciones. Sin embargo lo que deseaba, le dijo a Miss Parker, era una vida más tranquila, sin tanto alcohol y desvelos. Le encantaba la idea de llegar a un lugar silencioso por las noches y dormir con una mujer. Le repetía una y otra vez a Miss Parker que la amaba.

De una manera ambigua, al poco tiempo, Nico se mudó a vivir con Guadalupe, al menos eso contaba ella. Algunas noches él se quedaba trabajando en la imprenta y otras en el taller. Miss Parker pensaba que era una relación posmoderna y, por otra parte, ella tampoco quería una relación demasiado posesiva.

El taller, multidisciplinario, siempre estaba lleno de gente: pintores, actores, músicos, escritores, o aspirantes a serlo, o sabedores de que nunca lo serían, daba igual.

Hombres de más de cuarenta años que se dedicaban, con entusiasmo, además de a sus intentos artísticos, a evadir responsabilidades. En general eran casados y sus mujeres los mantenían económicamente, a ellos y a sus hijos. Nico por suerte vivía de su imprenta.

Entre ellos se nombraban a sí mismos "los muchachos", como para dejar claro sus pocas intenciones de terminar de hacerse adultos; y para Miss Parker esto resultó cautivador; tan fácil, tan sin complicaciones. Al principio, Nico y Guadalupe, iban mucho al taller. Las reuniones iniciaban en la tarde y terminaban, después de tomar mucho ron, hasta la madrugada. Eran creadores, decían mientras brindaban, por eso tenían derecho a una vida diferente.

Nico entre sus actividades con los muchachos, le contaba a Miss Parker, fue primero actor; participó en una obra de teatro, y el director le aplaudió su gran talento. Después, intentó con la escritura y él entendió que el tallerista le expresaba su admiración, y finalmente, retomó la pintura abandonada, desde hace algunos años, y el coordinador le aseguró que era una promesa.

Guadalupe presintió una gran condescendencia pero no se atrevió a mencionarla.

La relación entre Nico y Miss Parker, en un principio, era amorosa y su vida sexual llena de fuegos artificiales.

Claro que había problemas, en todas las vidas los hay; a veces necesitaban dinero, o se hablaba del próximo recorte de personal, o faltaban los pagos en la imprenta pero a pesar de eso Guadalupe, por las noches, dormía, con la conciencia de ser feliz.

Escribió en su diario que vislumbró la tierra prometida con ruiseñores sonrientes pero que intuía presagios nefastos.

Por cuestión de horarios Guadalupe dejó de frecuentar el taller. La relación tan desapegada que quería su compañero a Miss Parker le parecía novedosa.

Nico, por su parte, se hartó con una brusquedad sorprendente. Fue como si una noche, sentado en la sala con ella no deseara nada más y al día siguiente se sintiera harto de todo. Empezó a molestarle la ambigua presencia de Guadalupe, su forma de comer, de dormir, de hablar.

Comenzó a odiar a Miss Parker, dejó de reconocerla como amante apasionada y sin una solución de continuidad, de repente, la sintió como su enemiga y decidió que deseaba vengarse de ella.

Se sucedieron largas discusiones por política, por creencias, por costumbres. Una noche fueron a cenar con unos amigos, hablaban de nuevas leyes, Miss Parker estaba de acuerdo en una propuesta para que se cerraran los antros a las dos de la mañana.

Nico dijo que aquella ley era fascista y terminó la discusión señalando a su compañera como burguesa y conservadora. El ataque fue tan violento, con tantos adjetivos, que sus amigos simplemente guardaron silencio. Guadalupe, sorprendida, no alcanzó a reaccionar.

Tampoco era fácil ponerse de acuerdo en qué hacer.

—¿A dónde quieres ir? –preguntaba Miss Parker.

—A donde quieras –contestaba Nico, sin aventurarse a ninguna iniciativa. Después de preguntar varias veces, Guadalupe proponía, al fin, algún restaurante. Iban y al salir, Nico dejaba caer comentarios desagradables.

—Qué horrible comida hacen aquí –decía y se arqueaba como si fuera a vomitar. Luego reía su broma festejando su ingenio.

Guadalupe se volvió más callada, más cautelosa.

Se terminaron los fuegos artificiales. Se murió el deseo. Nico la toleraba en la cama y la dejaba hacer.

Nico empezó a beber. Al principio de la relación tomaba una copa de vino en las reuniones, pero ahora en el taller bebía ron hasta sentir que aquel terrible mal humor que lo asediaba, día y noche, daba siquiera un paso atrás y le permitía, por lo menos, respirar.

Miss Parker soportaba con calma sus malas maneras y sus cada vez más frecuentes malos ratos. Se acercaba a él y le besaba el cuello.

—No te preocupes –le decía–, ya pasará. Él le daba, entonces, un beso que pretendía ser cariñoso.

Por las noches, mientras Miss Parker dormía, Nico realizaba una nueva venganza; prendía la computadora y chateaba, conocía a mujeres "virtuales", se acariciaba frente a la pantalla: pongo mis manos entre tus muslos… poco sutil. Hay amigo, escribía alguien al otro lado de la pantalla, leyéndote acabo de tener un orgasmo… tampoco demasiado imaginativo.

Por otro lado, coqueteó con algunas muchachas del taller. Aunque sin crearse problemas, evitando complicaciones.

Sin embargo, para no cometer indiscreciones adquirió la costumbre de expresar verdades ambiguas, sin llegar a mentir. Nada que su compañera pudiera reprocharle.

Con todo, el final de aquella relación les pareció a ambos de lo más repentino, más o menos habrían de recordarlo así: Se montó una exposición de los talleristas de pintura. Nico presentó un cuadro en donde aparecía el rostro de su exesposa y lo tituló *Elisa mi verdadero amor*.

Cuando se inauguró la exposición Miss Parker se detuvo algún tiempo frente al cuadro y luego, sin despedirse, salió de ahí.

Nico se quedó hasta tarde festejando y llegó bastante alegre al departamento de Guadalupe. Miss Parker esperaba sentada en la sala y ni siquiera sonrió.

—Llevamos dos años viviendo juntos, y dices que ¿tu verdadero amor es Elisa?

Él estaba realmente sorprendido.

—Es que Elisa es una dama —dijo a modo de disculpa.

Guadalupe ya había hecho las maletas de Nico y él se fue esa misma noche.

Aunque Miss Parker tardó en entender lo sucedido, de alguna manera se sintió aliviada porque podía volver a vivir sola.

Sin embargo, en la madrugada se miraba en el espejo y se preguntaba qué había pasado y quién era ella y aunque repetía su nombre: Guadalupe Parker no terminaba de encontrarlo.

Luego escribía: me sorprende un luto ensimismado por los días pasados y futuros, no atisbo un mundo mejor, mi historia parece colgar de un hilo de mitos e historietas. Me siento una muchacha inventada llorando bajo la lluvia.

Continuó con su trabajo en la editorial, viviendo en su departamento. Su vida seguía igual pero nada era lo mismo.

Una noche sintió una necesidad imperiosa de ver a Nico. Esperó pacientemente frente a la imprenta, hasta que ya muy tarde lo vio salir. Iba en compañía de una muchacha, la abrazaba y reía con ella. Miss Parker entendió de pronto y claramente: sobraba en la vida de Nico. Percibió sin ambigüedad que él quería vengarse de alguna ofensa de la que ella no tenía noticia.

No me lo merezco, pensó, no me lo merecía, se corrigió a sí misma. Lo vio perderse en la entrada del Metro. Sintió deseos de seguirlo, de meterse en el mismo vagón que él, de hacerse la encontradiza, de pedirle explicaciones, pero suspiró resignada, yo soy una princesa, se repitió, y las princesas nunca viajan en Metro, no al menos para perseguir a Nico. Se lo repitió muchas veces hasta quedar convencida.

Cuando llegó a su casa escribió durante mucho rato: Se apagó el alba y el crepúsculo entre preguntas lívidas, arrepentidas. Pero yo hice un gesto de resignación con los hombros. Nunca estará el alba con nosotros todo el día, me dije. Escuché el chasquido de una nave al chocar con un arrecife. El hundimiento fue total. Entonces supe que hay sufrimiento después del cuerpo, y que un eclipse permanente opacó la luna y apuntó a un pasajero que espera, en un andén, el próximo choque de trenes. Un arcángel me anunció mi destierro del paraíso y un guerrero lloró ante la caída de una niña descalza.

Más allá de las palabras bonitas que Miss Parker anotaba, empezó a fantasear con su propia venganza. Veía, como si fuera una película, a Nico caminando por el callejón oscuro, en las afueras de la imprenta (una rata salía por la alcantarilla y se entretenía en un contenedor), cinco muchachos rodeaban a Nico y le daban una golpiza, lo dejaban tirado y sangrante. A partir de ahí imaginaba algunas variedades; él se levantaba con gran esfuerzo y llegaba al teléfono, le hablaba a ella; por favor perdóname Guadalupe, le diría, tú eres la única mujer en mi vida. Otra versión es que ella veía la escena desde cierta distancia para después alejarse con un gesto de princesa. En fin, la fantasía tenía menos variantes que una rocola de pueblo.

Miss Parker se decía, en medio del insomnio, que las cosas no se podían quedar así y empezó a planear cómo llevar a cabo la venganza, soñada, para Nicolás.

Buscaría a los muchachos que trabajaban en seguridad para la editorial. Se decía a sí misma en las madrugadas. Eran jóvenes con el sello inconfundible del barrio, seguramente podrían golpear a alguien. Para no ser tan obvios podrían encontrarlo a la salida del Metro o… Al día siguiente solía dolerle el cuerpo y también el alma. Escribía: Trato de esclarecer lo que nadie sabe, sigo el rastro de huesos y canciones, abotono el tiempo entre el ayer y el mañana. Beso mis cicatrices y visito el infierno con pájaros amarillos que levantan la cabeza para verme pasar.

Se preguntaba si lo que le sucedía era el resultado de su intento de establecer una relación posmoderna. Sin embargo, tenía que aceptar que aunque con matices actuales, por lo demás, millones de hombres y mujeres habían pasado por lo mismo a través de todas las generaciones.

Después de algunas semanas se veía más tranquila. Cuando alguien le preguntaba ¿cómo estaba?, subía los hombros. Todavía llevo el duelo al bies del atardecer, se decía a sí misma.

Por esos días fue cuando asistió a aquella reunión. Encontró primero que las palabras se perdían entre lugares comunes y las miradas desconfiadas entre los desconocidos. Al entrar se cruzó con la mirada de Nico, de lejos, ninguno de los dos se acercó a saludar.

Miss Parker contó después que en la reunión ella encontró una mirada para mirar lo que con frecuencia se olvida ver. Recordaba a una mujer madura con una belleza memorable, y a una pareja de jóvenes descubriendo el mundo lleno de bahías impredecibles y a un hombre de ojos verdes que se acercó a ella.

—¿Cuál es su nombre? —le preguntó él.

Si Guadalupe Parker quería ser honesta debía dar una explicación demasiado larga, así que le contestó con un movimiento de hombros y una sonrisa, y se alejó de ahí. No deseaba contarle a un extraño la historia de su verdadero nombre.

Pero cuando salió aspiró el olor a la tierra mojada y mientras sentía la humedad de la noche desechó cualquier idea de venganza. No la descartó por Nicolás, sino por ella. Le parecía patético que ella, una princesa, pensara en equilibrar una venganza con otra. Así nunca habría un mundo mejor.

Miss Parker, entonces, se sentó en una banca, en un pequeño jardín y se preguntó qué deseaba ahora. Primero pensó que andaba escasa de deseos, pero un pájaro se detuvo en una fuente de luz y Guadalupe sonrió. Necesitó menos lágrimas, menos alas para forjar orillas, para iluminar hogueras, para inventar ángeles, para saberse viva.

Entonces encontró que sí, que deseaba algo. Deseaba, por ejemplo, que el mundo cambiara, que se acabaran las guerras, que hubiera más justicia. Quería también llamarse de otro modo, que su historia fuera distinta. Deseaba haber amado a un hombre para toda la vida y que el hombre la amara a ella, se sentía capaz de hacerlo si tenía la oportunidad. No podían haberse agotado sus cualidades, ni sus deseos.

Justo en ese momento estallaron luces en las ramas de los árboles y los verdes y los colores de las jacarandas en flor compitieron con el azul del cielo trasnochado, de medianoche. Entonces desechó para siempre la idea de alguna violencia para con Nico. Recordó la noche en que lo vio salir de la imprenta; las princesas nunca viajan en Metro, terminó de convencerse.

Miss Parker se levantó de la banca y caminó por el jardín y regresó a la reunión. Sí, claro que podía decirle a aquel desconocido cuál era su verdadero nombre, podía hablar con la mujer mayor y reírse con el asombro de los jóvenes ante el mundo.

Finalmente se decidió. Después de todo seguía confiando en la bondad de los extraños. Si regresaba y miraba aquellos ojos verdes, porque estaba segura de que eran verdes y lograba articular claramente "Guadalupe Parker", porque ese era sin duda su nombre, entonces quedaría claro que ella podía ser una persona diferente, y el mundo podría ser un poco más bueno, más justo, mejor.

JULIETA DE LOS ESPÍRITUS[1]

Julieta se detiene en el mirador de la terraza. Observa, en el páramo, cómo se levanta un polvo triste. Un apenas gris que se arrastra de un lado a otro hasta topar con los muros que parecen haberse construido sin objetivo.

Se conserva el olor de la lluvia sobre la tierra agotada, una humedad que da frío y un sabor a terrón agrio, nada más.

Antes, el páramo debió ser un jardín pero no queda ni un pequeño rastro de verde. Es pardo, a veces amarillento, sobre el piso de un negro desteñido. El silencio parece saciado de su propia voz; nada lo altera. El viento, en cambio, a ratos grita con el encono de un niño hambriento.

Está en la terraza del Hotel Versalles. Julieta es propietaria, por decirlo así, de una habitación. Tiene la llave y dentro se siente segura.

---

[1] Cuento ganador del Concurso Nacional de Cuento Fantástico y de Ciencia Ficción de Puebla 2008.

El pasado no le pertenece. Recuerda, entre bruma, el trabajo que realizaba; escribía para un periódico. Las caras de su marido y de su hijo se pierden en manchas borrosas. Puede recuperar la imagen de su casa. Parece más una ilustración de cuento de hadas que algo real: una cocina, una sala, una recámara. Suspira por un sillón en el que le gustaba sentarse a ver noticias en la televisión. Ahora ya no hay noticias ni televisiones.

Julieta suspira. Toma un guijarro, lo deja caer en el páramo, escucha un chasquido. Le parece que así, como ese leve ruido, se inició todo.

Recuerda cuando veía las noticias. En un principio aparecían en la pantalla imágenes de un glaciar que se descongelaba pero, decían, no había de qué preocuparse porque estaba muy lejos, porque no se podía predecir, porque no era inminente. Lo aseguraban las caras sonrientes de los gobernantes y de inmediato añadían que su preocupación se centraba en la ley antitabaco o en la hora en que debían cerrar los bares.

Más allá de la estupidez de las autoridades, reflexionaba Julieta, cada día las noticias eran más alarmantes. De cualquier forma, no se podía hacer algo ante la magnitud de la amenaza.

Llegaron las lluvias. Llovió con furia, con rencor, con nostalgia, con hartazgo, hasta que el agua invadió el mundo: se rompieron las presas, los ríos corrieron desbocados saliéndose de madre, se enfureció el mar con violentos maremotos.

Al principio las autoridades construían refugios, almacenes y hacían promesas. Después, nada fue suficiente. Mientras terminaba el deshielo del glaciar las autoridades dejaron de sonreír, de prometer y de almacenar; emigraron. La huida era urgente aunque nadie sabía a dónde.

Julieta desea recuperar, en su memoria, los rostros de su esposo y de su hijo. Piensa en ellos. Intenta entender cómo era el sonido de su cercanía, la calidez de sus preguntas, la certeza de sus arrebatos, el sabor de su complicidad. No puede. No sabe en dónde están.

Una angustia en forma de dolor en la nuca se le clava con la fuerza de la sombra de un castillo en medio de un valle lleno de luz. Suspira tratando de limpiar los malos presagios, no lo logra.

Durante la segunda inundación recibió un golpe en la cabeza, perdió el sentido, la corriente de agua la arrastró. No se explica cómo sobrevivió.

Vuelve a observar al polvo levantarse, su ir y venir sin sentido. Un escalofrío le recorre el cuerpo al presentir el olor agrio de la nueva era. Tal vez por la mezcla de viento y silencio tiene náuseas y tiembla al sentir el aire gélido.

Es el mismo frío que tuvo al despertar; se encontraba en medio de una pila de cuerpos sin vida: hombres y mujeres en una promiscuidad tardía, ratas, perros y hasta un caballo que llamó su atención. Dentro de ese horror lo que se preguntó fue de dónde habría salido aquel caballo, después, rio por lo patético de su pensamiento.

Caminó por entre ruinas, junto a figuras humanas, sombras que se movían a su alrededor. Las llamó las sombras porque la atemorizaban. Se movían sin ver, ni oír, sin reaccionar. A ratos, sin embargo, clavaban su mirada como en espera de que ocurriera algo, un milagro tal vez, y Julieta no podía adivinar qué podría ser.

Llegó a la que había sido su casa. El lodo invitado por la lluvia al secarse, se levantaba en forma de piedras terrosas edificando un muro de varios metros. Además, el agua se empecinaba en no abandonar los espacios conquistados.

Los edificios se mantenían erguidos, indiferentes a la desgracia. Las calles, inmutables. Los vehículos detenidos, en espera involuntaria. La penumbra y el silencio no alcanzaban para mantener la cordura.

Las sombras se desconocían entre sí. Julieta se acercó a preguntar a un joven primero y después a una mujer pero no le respondieron.

Cansada, entró a un edificio de cristal: el hotel Versalles. Tomó la llave del mostrador de la recepción como si hubiera sido un cliente habitual; una princesa europea o una emigrante rusa. Encontró un almacén de alimentos. Eligió una bolsa de carne seca, varias manzanas y botellas de agua. Buscó en las puertas de las habitaciones el número del llavero. Al abrir la puerta tuvo un sobresalto. Mientras todo en la calle traducía destrucción, aquí estaba intacto, como si nada hubiera sucedido. Intentó comer la carne pero no pudo, su garganta se negaba a pasarla. Dio unos tragos al agua antes de percibir lo sedienta que estaba. Apenas se recostó se quedó dormida.

Pasaron semanas; dormía, bajaba por comida, volvía a subir, y volvía a dormir. Sin embargo, en algún momento despertó ya sin sueño, casi sin recuerdos. He perdido el espíritu, se dijo.

Se sentó en el mirador; se sorprendió del ocaso. El sol bajó con lentitud, majestuoso, hasta el horizonte, ahí, se entretuvo en tejer colores tenues primero, violentos después. Julieta lo observa sorprendida y escuchaba esa música que movía al universo. El espíritu todavía estaba ahí.

Recorrió habitaciones en busca de ropa limpia. En un armario encontró pantalones un poco grandes para ella, una camiseta llena de colores y unas botas cómodas.

No evitó reírse al sorprender su imagen en el espejo: parezco preparada para ir a un concierto de rock, pensó.

Salió a caminar. En las calles algunas personas intentaban hablar entre sí; recuperar su pertenencia a la humanidad. Se organizaban en un esfuerzo por sobrevivir.

Sin embargo, como primera tarea los vivos se empeñaron en enterrar a los muertos. Hacían fosas, colocaban los cadáveres y los cubrían, sin hablar.

Julieta tomó una pala, la hundió en la tierra con furia, como una venganza efímera, una y otra vez, hasta que se sintió exhausta. Repitió la venganza durante muchos días. A ratos se iba a dormir, o a comer, o a observar el páramo.

En una ocasión, en el camino a su descanso, conoció a Max, un viejo con el que volvió a saborear la sorpresa de una conversación.

Te llamarás Julieta de los espíritus, le anunció él asegurándose de que el nombre que llevaba antes, el de aquella que había sido, quedara atrás.

En homenaje a Fellini, añadió Max, omitiendo mencionar, intencionalmente, que la primera Julieta era una buscadora de espíritus ante la adversidad.

Una heroína trágica que de todas formas fracasaría.

Pasaron los días, terminaron de enterrar los cuerpos que el agua había olvidado. Privada de su venganza, Julieta se sumaba a algún trabajo necesario, como clasificar ropa o medicinas, y después se reunía con Max para hablar.

Las palabras de las preguntas y las respuestas sorprendían a Julieta con un sabor redescubierto; explotaban en colores con la armonía de lo recuperado.

Max era ingeniero. Construyó un radio de onda larga y así supieron que en otros lugares se encontraban en sus mismas condiciones.

No sobrevivía el mundo de antes y el nuevo, el que estaba emergiendo, era diferente: El dinero ya no servía, nadie lo utilizaba y una ciudad que tuvo millones de habitantes se conformaba ahora con unos cientos.

Cada uno se preocupaba por sí mismo, tomaba lo que por derecho de sobreviviente le pertenecía. Nadie resguardaba. Muchos espacios, como el hotel, resultaban habitables y era fácil encontrar almacenes de ropa, comida o agua que alcanzarían para mucho tiempo.

Del Estado no quedaba nada, ninguna cara sonriente para preocuparse de los fumadores o de los desvelados en los bares; de las familias, si acaso, algunos recuerdos.

Las sombras, al terminar el día, se reunían en clanes que iban y venían sin saber a dónde dirigirse. Se encuentran por la noche, aseguraba Julieta, para ocultar las miradas de espanto que guarda cada una y que quizás ninguna quiere compartir.

Para Julieta lo único que escaseaba eran las palabras. Los encuentros que antes se hubieran festejado con palabras entrañables ahora se apuntalaban, apenas, con monosílabos. Nadie contaba su historia, parecía como si no se tuviera qué decir.

Si olvidamos el pasado, le decía Julieta a Max, será como si nunca hubiera existido. ¿Lo olvidaremos?

Una mañana Julieta se encontraba en el mirador y llamó su atención un edificio de piedra que, con su elegancia, parecía resistirse a la inauguración del nuevo mundo.

Caminó hasta él. La puerta cedió con facilidad. Encontró una sala espaciosa rodeada de estantes llenos de libros. Palabras y palabras guardadas, pensó Julieta, desde el principio de la historia del otro mundo.

Examinó los libros: Shakespeare, Dostoievski, Rimbaud, Borges… tuvo la certeza de encontrarse en una biblioteca bien dotada. Hizo un paquete con libros y regresó al hotel.

Mientras leía le pareció recuperar un equipaje perdido: la descripción de la belleza, los sentimientos, las pasiones, las esperanzas. Como si se encontrara, sintió Julieta, en un acantilado con un barco seguro, siempre dispuesto a partir, y le garantizara su inminente regreso.

Pasaron varios días en que apenas tenía tiempo de dormir o comer. Volvía a la biblioteca, sacaba libros con un temor innombrado de que algo fuera a pasarles. Los escondía en la cava del hotel. Brillante reunión, pensaba con humor, libros y vinos no es mala mezcla.

Max ideó una puerta corrediza que, confundida con la pared, no era fácil de identificar y un mecanismo para abrirla desde fuera. Será nuestra cueva de Alí Babá y los dos ladrones, señaló sonriendo.

En sus caminatas, Julieta, veía a clanes emigrar llevándose lo que podían, otros dedicados a la rapiña por el puro gusto de robar a los sobrevivientes y algunos más, mataban porque sí, dejando cadáveres a su paso.

Encontró a un grupo que levantaba molinos de viento para construir una planta de luz. Otro grupo recuperó un hospital; reunieron medicamentos y doctores aunque casi no asistían pacientes. Los débiles y viejos habían muerto.

Yo soy el profeta, anunciaban iluminados en las calles, lo que nos sucedió fue un castigo divino por nuestros pecados.

Como castigo divino, pensó Julieta, destruían lo que apenas nacía: los molinos de viento o el hospital.

Julieta está en el mirador. Desde ahí puede ver cómo las sombras queman libros. Apenas adivina las palabras que gritan pero, sin duda, repiten lo que escucharon de sus profetas: pecado, pecado.

Sacan los libros de la biblioteca y los queman en hogueras, representan un aquelarre en el que, quizás, llaman a la presencia divina. Improvisan una danza. Se reúnen más sombras que con gritos de salvajes anuncian el fin del pecado.

Julieta está en el mirador, escucha sus voces y los observa en su triste baile. El olor a papel quemado sube hasta ella con la furia suficiente para obligarla a sostenerse del barandal. Sabe que el aire gélido no sólo se originó en el deshielo.

Julieta se resigna con un suspiro. Se incorpora. Su lejanía con las sombras le alcanza para presentir el futuro. No quiere imaginarlo. Habrá que esconder las ideas, las palabras, los libros.

Entonces, sólo entonces, es que Julieta llora por lo que se ha perdido.

SEMBLANZA

María Luisa Erreguerena Albaitero
Nació en la Ciudad de México. Cursó el diplo-
mado en la Sociedad General de Escritores de México
(1993) y el Programa de Escritura Creativa en la Universidad del Claustro de Sor Juana (2014).

Se inició como cuentista en el taller de Punto
de Partida de la UNAM, coordinado por Miguel Do-
noso Pareja y durante los años 2003 y 2004 asistió al
taller de dramaturgia con el maestro Hugo Argüelles.

Recibió el Premio Nacional de Cuento de Ciencia Ficción y Fantasía, que otorga el estado de Puebla
en 2008 y la Beca Juan Grijalbo de la Cámara de la
Industria Editorial en 1994.

Ha publicado libros de cuentos: La mañana de un día difícil y Cuentos de amores extraños (Arcolibros, Madrid, España, 2005 y 2004), Un poco de alma (El ermitaño, Solar Ediciones, 2002, México), Las sirenas de San Juan (Ediciones Mixcóatl, 1998, México), Un día dios se metió en mi cama (La máquina de escribir 1977 y 1994 México).

También publicó novelas: No murmuren demasiado (Kindle, 2016, México), Precursores (ASBE Editorial, 1996, México, y reeditada en Sísifo ediciones. Literaria Biblioteca, 2007, México), Memorias de una bruja que nunca estuvo en París (Instituto Politécnico Nacional, 2003, México. Reediciones 2005, 2007 y 2011).

EL LIBRO *GENERACIÓN MARLBORO* SE PUBLICÓ
EN 2022 EN LA CIUDAD DE MÉXICO.